Meike Möhle

Dünenweise Schnäppchenpreise

und andere Unwägbarkeiten

Bibliografische Information der Deutschen National-bibliothek:
Die Deutsche Nationalbibliothek verzeichnet diese Publikation in der Deutschen Nationalbibliografie; detaillierte bibliografische Daten sind im Internet über http://dnb.dnb.de abrufbar.

Coverbild: Meike Möhle

Herstellung und Verlag: BoD – Books on Demand, Norderstedt

ISBN: 978-3-7448-0027-3

Inhaltsverzeichnis

Beatrice

Sie hieß Beatrice, und Werner hatte sie vom ersten Augenblick an geliebt. Der Name passte zu ihr, wenn man ihn richtig aussprach: Beatrietsche, nicht Beatriiieß, wie dieses dumme kleine Mädchen aus dem Haus gegenüber, und auch nicht Beatrix, wie die vollbusige holländische Königsmutti. Werners Beatrice war einfach perfekt: Diese wunderbaren, weichen Formen, die sanften Rundungen an genau den richtigen Stellen. Dazu dieses glänzende Mahagonibraun und die warmen Goldtöne – er vergötterte sie einfach. Immer wieder kam er in dieses Café, nur um sie anzusehen und sich vorzustellen, wie es wäre, wenn sie ihm gehören würde. Beatrice: Er sah sie in seiner Küche stehen und arbeiten, und lächelte glücklich bei dieser Vorstellung. Das war nur ein Traum, natürlich, denn so etwas wie Beatrice konnte er sich einfach nicht leisten. Sie hatte Stil und Klasse, war ganz Italienerin, wie man unschwer an ihrem Namen und auch an ihrer Erscheinung erkennen konnte.

Werner erinnerte sich noch gut daran, wie er sie das erste Mal gesehen hatte, die Beatrice Bravo des Baujahres 1952: Das war 1964 gewesen, er selber war gerade 18 geworden und hatte die erste Freundin seines Lebens. Marion, die später zuerst seinen Freund Peter geehelicht und finanziell ruiniert hatte, besuchte mit ihm ein kleines italienisches Café in der Innenstadt von Rom. Dort gab es diese wunderbare Espressomaschine mit den glänzenden Kolben, den Holzgriffen und dem langen Hebel, der an einen einarmigen Banditen erinnerte. Werner verfiel ihr sofort, vergaß Marion und hatte nur noch Augen für Beatrice. Aufgrund dieser Begegnung studierte er nach dem Abitur Elektrotechnik, wurde Ingenieur für Haushaltsgeräte und beschäftigte sich sein ganzes Leben lang mit der Erschaffung formschöner und funktionaler Dinge. Es war ein wunderbarer Beruf, den er bis zu seiner Pensionierung mit Leidenschaft ausübte. Und auch danach blieb er den Haushaltsgeräten treu: Er sammelte die besten Exemplare in seinem kleinen privaten Museum im Keller. Waagen, Staubsauger, Fleischwölfe und auch Espressomaschinen bildeten eine beachtliche Sammlung. Aber eine Beatrice Bravo, die damals nur in einer Auflage von 1500 Stück hergestellt und weltweit verkauft worden war, konnte er niemals ergattern. Trotzdem hatte er sie nie vergessen, dieses menschengeschaffene Wunder, das sein Leben so maßgeblich beeinflusst hatte.

Und dann, eines Tages, traf er sie wieder: Im neu eröffneten Café am Markt. Er besuchte es mit einer

Dame, die er über eine Kontaktanzeige kennengelernt hatte. Wie sie hieß, hatte er sofort vergessen, als er Beatrice sah, und sie verließ empört das Lokal, als er sie zum vierten Mal mit diesem geliebten Namen angesprochen hatte. Es war sein letzter Versuch gewesen, sich dem anderen Geschlecht anzunähern – 55 war er damals. Danach lebte er nur noch für seine Haushaltsgeräte und träumte von der Beatrice Bravo. Mehrmals versuchte er, sie dem Cafébesitzer Luigi abzukaufen, doch der wusste genau, was für einen Schatz er sein Eigen nannte und lehnte jede Verhandlung über die Beatrice ab. Sogar, als die jungen Leute immer mehr nach diesen mit Milch verpanschten Kaffees verlangten und nur noch wenige Gäste einen original Espresso bestellten, wollte Luigi sich von Beatrice nicht trennen. Er baute einfach eine zweite Kaffeemaschine hinter seiner Theke auf, mit der er die modernen Getränke zubereitete. Dieser große Vollautomat war zweckmäßig, leise und gut zu reinigen: Alles Attribute, die die verwöhnte Beatrice für sich nicht in Anspruch nehmen konnte. Luigi blieb ihr dennoch treu und polierte sie jeden Abend mit einem Lederlappen. Wenn Werner ihn dabei beobachtete, spürte er das schmerzhafte Ziehen der Eifersucht im Leib und sehnte sich danach, ebenfalls mit der Hand über diese Formen fahren zu dürfen. Ein weiches samtenes Tuch würde er dazu nehmen und keinen

Winkel aussparen. In so mancher Nacht schlief er mit diesem Gedanken ein.

Irgendwann konnte Werner der Sehnsucht nach der Beatrice Bravo nicht mehr widerstehen. Es verging keine Stunde, in der er nicht an sie denken musste. Und so beschloss er, dass sie die Seine werden musste – koste es, was es wolle. Er bereitete ihr ein Zimmer vor: Im kleinen Gästezimmer neben seiner Küche sollte sie stehen. Sie zu den anderen Geräten in den Keller zu verbannen, hätte er nie über sein Herz gebracht. Er renovierte das Zimmer, beklebte die Wände für Beatrice mit italienischen Retro-Tapeten und stellte ihr ein stilechtes Küchenbuffet aus den 50er Jahren an eine Wand. So würde sie sich wohl fühlen, und er würde hier mit ihr leben. Er stellte noch einen alten Nierensessel nebst Tischchen mit in die Kammer, dann war der kleine Raum voll.

Werner brauchte jemanden, der ihm die Beatrice beschaffte: Einen professionellen Dieb, der in Luigis Café eindringen und die geliebte Maschine stehlen würde. Ein Unrecht sah er darin nicht, schließlich hatte er es über zehn Jahre lang im Guten mit Luigi versucht. Er suchte und fand einen passenden Kriminellen in einer Spelunke in der Nähe des Bahnhofs. Den Kontakt hatte ihm ein Zuhälter namens Hotte vermittelt, den er aus einer Kur in Bad Kreuznach kannte. Dort war Werner nach einem Herzinfarkt wieder auf die Füße gebracht worden, der Zuhälter war wegen eines offenen Beines behandelt worden. Die beiden Männer hatten sich gut verstanden, und Werner hatte Hotte bezüglich der Ausstattung seines Etablissements beraten: Kaffeemaschine für die Damen, Kühlschränke, Eiscrusher – was man als Zuhälter eben so brauchte. Nun hatte Hotte sich revanchiert und Werner einen passenden Langfinger empfohlen. Der hieß Volker, war gerade so intelligent, dass es zum Geradeauslaufen reichte, und zog an einem Abend im April los, um die Beatrice Bravo für Werner zu besorgen. Das Risiko war gering bis gar nicht vorhanden, denn das Café wurde nicht bewacht.

Trotz der Aufregung ging Werner gegen sieben Uhr zum Stammtisch. Das war die einzige gesellschaftliche Zerstreuung, die er sich gönnte: Einmal die Woche ging er in seinen Skatclub „Pik As", und im Winter ab und zu zum Preisskat. Natürlich hatte er an diesem Abend eigentlich etwas anderes im Sinn als das Kartenspiel, aber er brauchte ein Alibi. Schließlich hatte er sich immer wieder um die Beatrice Bravo bemüht, auf ihn würde gewiss ein Verdacht fallen. Deshalb saß Werner nun am Kartentisch – „18, 20, weg" – und drosch routiniert seinen Skat. Bloß nichts anmerken lassen!

Etwa gegen zehn Uhr hörte man Sirenen von draußen. Werner schrak innerlich zusammen, fragte aber ganz ruhig: „Polizei oder Notarzt?"

Der am Fenster sitzende Dieter schob die Gardine etwas zusammen und lugte hinaus: „Keines von beiden – Feuerwehr. Aber sonst sieht man nichts."

„Ach so." Werner beruhigte sich wieder und hob den Kartenstapel ab, den der vierte Mann ihm hingeknallt hatte. Nicht auszudenken, wenn der einfältige Volker geschnappt worden wäre. Der hätte sicherlich sofort ausgepackt und seinen Auftraggeber verpfiffen. Und dann hätte Werner sein Leben ganz ohne Beatrice fristen müssen. Wahrscheinlich waren im Gefängnis nicht einmal Fotos solcher Kostbarkeiten erlaubt.

Es war fast Mitternacht, als sich die Skatrunde auflöste. Werner ging zu Fuß heim. Die ersten 500 Meter begleitete ihn Dieter und machte sich gemeinsam mit ihm über den Brandgeruch Gedanken, der in der Luft hing. Aber sie trafen niemanden, der ihnen über dessen Ursache hätte Auskunft geben können.

„Wahrscheinlich ein Unfall", meinte Werner.

„Oder ein angezündeter Papiercontainer", überlegte Dieter. „Diese Chaoten zünden doch heutzutage alles an."

Als Werner nach Hause kam, sah er gleich, dass Licht in seiner Garage brannte. Er spähte hinein: Eine große Pappkiste stand vor seinem Wagen. Er fluchte:

Natürlich hatte er mit Volker die Übergabe der Beatrice vereinbart, aber doch nicht in der gleichen Nacht! Wenn ihm jemand gefolgt wäre! Und wie konnte man dieses edle Gerät in so einer simplen Pappkiste in die feuchte Garage stellen! Der Junge war ja wohl nicht ganz bei Trost!

Werner hob die Kiste auf und schleppte sie stöhnend ins Haus. Seine Bandscheiben krachten, aber er stellte die Last nicht ab. Erst im Wohnzimmer ließ er sie vorsichtig auf sein Sofa sacken, strich mit der Hand über die Pappe und lächelte glücklich. Schon beim Reintragen hatte er geglaubt, Wärme und ein sachtes Pulsieren aus der Kiste zu spüren. Nun löste er vorsichtig und zärtlich die Schnur, mit der der Karton geschlossen war, und hob den Deckel ab. Im nächsten Moment stockte ihm der Atem und er glaubte, seinen Augen nicht zu trauen: Denn in dem Karton war nicht die Beatrice Bravo. Der dämliche Volker hatte die neue Gastro 2000 geklaut.

Werner spürte ein Reißen in der Brust. Er brauchte lange, bis er sich beruhigen konnte, und weinte sich erst früh um fünf in den Schlaf. Er träumte schlecht, wachte immer wieder auf und war ohne Hoffnung. Am nächsten Tag stand er spät auf und versuchte, sich durch das Lesen der Lokalzeitung abzulenken. Er fand Einzelheiten über den Brand am Vorabend: Das Café am Markt, vielen auch einfach als „Luigis Café" bekannt, war völlig ausgebrannt. Man vermutete als Ursache einen Kurzschluss, da ein fest an der Wasserversorgung installierter Kaffeevollautomat anscheinend unsachgemäß abmontiert worden war. Der Schaden wurde auf über 200.000 Euro geschätzt, das Gebäude drohte einzustürzen.

Werner verstarb an diesem Tag im April an seinem zweiten Herzinfarkt, der Postbote fand ihn am nächsten Morgen. Er wurde 68 Jahre alt und war damit sechs Jahre älter als die von ihm angebetete Beatrice Bravo, die nur einen Tag vor seinem Tod in einem Flammeninferno zu einem Klumpen aus Messing, Stahl und Asche verschmolzen war.

Götterdämmerung

Horst saß auf der Terrasse eines großen Cafés, nuckelte gelangweilt an einem Joghurt-Drink und sah dem Treiben auf der Straße zu. Alles war wie immer im Vorfeld eines Wettkampfes: Der kleine Ort, der Schauplatz seines Sieges sein würde, summte vor Aufregung, Zuschauer und Sportler drängten sich, hungrig aussehende Frauen versuchten, einen Blick auf die athletischen Surfer zu erhaschen. Und es gab auch einige wirklich ansehnliche Exemplare – gut gebaute Jungs, die ihr Handwerk sicher verstanden und nicht gleich die Stange losließen, wenn eine der kalten Nordseewellen auf sie eindonnerte. Die Mädchen, die dabei waren – na ja. Horst hielt nichts von Surferinnen. Gut, einige waren recht tüchtig, aber alles in allem fand er, dass Frauen lieber an Land bleiben sollten. Zuschauen, jubeln, das starke Geschlecht bewundern. Ihn bewundern.

Er war noch nie auf dieser kleinen Insel gewesen. Der jährliche Wettkampf interessierte ihn eigentlich nicht besonders – er hatte nicht viel für die Provinz übrig. Aber er war in diesem Jahr nicht recht zum Zuge gekommen: Trubel in seiner Firma hatte verhindert, dass er seine Karibiktour und die Atlantikwettkämpfe hatte wahrnehmen können. Dazu noch Ärger mit Anna. Die wurde langsam komisch. Die hatte doch glatt mitfahren wollen zu seinen Surfevents. Das war neu, bislang hatte sie sich nie für seinen Sport interessiert. Sie hatte statt dessen pflichtbewusst den Staub von seinen Pokalen gewischt und stolz gelächelt, wann immer ein neuer dazu gekommen war. Und er war stets großzügig gewesen, hatte das gewonnene Geld, das er nicht brauchte, zum großen Teil in seine Frau investiert: Hatte ihr von seinen Reisen Schmuck mitgebracht, teure Parfums und exotische Delikatessen. Aber plötzlich reichte das nicht mehr, plötzlich wollte sie an seinem „Hobby", wie sie es nannte, teilhaben. Der Anfang vom Ende. So war es mit Betty und Lisa auch gewesen. Warum konnte er diesen Mist mit der Heiraterei nur nicht lassen?

Seufzend strich Horst sich über die weißen Haare, die ihm in Surferkreisen den Spitznamen Snow White eingebracht hatten – oder auch Schneeweißchen, wenn man ihn ärgern wollte. Seine Haare hatten schon früh die Farbe verloren, was ihn nicht störte. Er hatte weiß zu seinem Markenzeichen gemacht und surfte seit Jahren nur noch ganz in weiß: Weißes Board, weißer Anzug, weiße Haare. Dazu sein noch immer straffer, appetitlich gebräunter Körper und seine blauen Augen – die Frauen waren schier verrückt nach ihm. Heute Abend würde er sich so ein

Appetithäppchen gönnen, eines der Häschen, die auf Surfer standen und es erotisch fanden, dass er dreißig oder gar vierzig Jahre älter war als sie. Sie waren jünger als Anna, deutlich jünger sogar. Insofern betrog er seine Frau auch nicht, wenn er eines dieser zarten Dinger vernaschte. Er holte sich nur, was sie ihm ohnehin nicht geben konnte. Nicht mehr geben konnte, mit 42. Er fühlte sich nicht schlecht deshalb, sein Gewissen war rein.

Am Nachmittag qualifizierte Horst sich souverän für das Finale am nächsten Tag. Er wurde von einem aufgeregten Sprecher mit viel Tamtam angekündigt – anscheinend hatten sie nicht so viele Teilnehmer von internationaler Klasse hier. Obwohl er mit seinen sechzig Jahren der älteste Teilnehmer war, glitt er nach dem Rennen problemlos in die Runde der Fachsimpelnden und gab dem Jungvolk großzügig Ratschläge. Einige wollten sogar ein Autogramm von ihm: ‚Snow White', krakelte er dann auf die hingehaltenen Unterlagen, lachte die Jungens kameradschaftlich an und warf den Mädchen einen betörenden Blick aus seinen blitzblauen Augen zu. Noch hatte er keine Gefährtin für die Nacht gesichtet. Aber das würde sich finden. Es fand sich immer.

Horst stand der Sinn nach etwas Ruhe. Er schlenderte zurück zu dem Café, von dem aus man so gut die Straße einsehen konnte. Sondieren, die Chancen ausloten, das war seine Absicht. Dummerweise war „sein" Tisch besetzt: Am Premiumplatz direkt vorne an der Windschutzwand saß eine Dame. Keine Beute, das sah Horst sofort. Aber durchaus ansehnlich, es würde seinem Renommee also nichts schaden, wenn er sich ein Weilchen dazu setzte. Er fragte, sie nickte und widmete sich wieder ihrem Kreuzworträtsel. Ein herzliches Willkommen sah anders aus. Aber egal, er wollte ja auch nichts von ihr.

Horst bestellte einen Becher Kaffee – von diesen modischen Gesöffen mit zwei Dritteln Milch, von denen seine Tischnachbarin eines trank, hielt er gar nichts – und sah der Dame beim Rätseln zu. Sie war flink, offensichtlich geübt, und kam selten ins Stocken. Schade eigentlich. Er hätte es gerne gehabt, wenn sie ihn um Rat gefragt hätte. Er gab gerne Rat. Dabei konnte man sich so selbstlos vorkommen, und väterlich. Wobei die Dame natürlich zu alt war, um seine Tochter zu sein. Sie war überhaupt zu alt für ihn, sicher Mitte bis Ende vierzig. Und ihr Haar war in einem dunklen Rotton gefärbt, wohl um graue Strähnen zu verdecken. Er fand den Ton zu dunkel für die helle Haut und die blauen Augen der Frau, aber das sollte seine Sorge nicht sein. Er sah auf die Straße – wo blieb seine Gespielin?

Die Dame winkte dem Kellner – wollte sie ihm seinen Tisch endlich überlassen? Zu seiner großen

Überraschung bestellte sie ein Becks. Auf seinen fragenden Blick hin zuckte sie nur die Schultern.

„Ist nach vier!"

Stimmte schon, die Zeit erlaubte ein Bier. Aber tief in sich drin fand Horst, dass Frauen, gerade solche in reiferem Alter, kein Bier, sondern Kaffee trinken sollten. Oder mal ein Glas Wein. Aber kein Bier am Nachmittag, und schon gar nicht aus der Flasche.

Der Kuli seiner Tischnachbarin flog über das Papier. Anscheinend waren in diesem ganzen Heft nur Rätsel. Damit konnte sie sich bis morgen früh beschäftigen und sich dabei einen gepflegten Rausch ansaufen. Wenn man denn von gepflegt sprechen konnte, wenn jemand Becks aus der Flasche soff. Horst fühlte sich ungewohnt missachtet und beschloss, diesem Zustand ein Ende zu machen. Er würde dieser Person nun ein Gespräch aufdrängen. Entweder sie ging darauf ein und schenkte ihm ein angemessenes Maß an Aufmerksamkeit, oder sie räumte das Feld und machte den Platz für etwas Schnuckeligeres frei. Sie hatte die Wahl.

„Sind das Preisrätsel?" fragte Horst, scheinbar interessiert.

„Hmmmm."

Aha. Das Interesse an Konversation schien nicht gerade riesig zu sein.

„Um was kämpfen Sie denn gerade?" wollte Horst wissen. Der Blick aus den blauen Augen hob sich vom Heft, bohrte sich in sein Gesicht. Oha. Charmant, charmant. Er musste schlucken – wie gut, dass das nicht seine Feindin war. Als er schon überlegte, sich strategisch zurückzuziehen, antwortete sie:

„Um Eierlikör."

Eierlikör. Horst wusste, was das war. Natürlich wusste er das. Aber wieso konnte man das gewinnen? Wieso wollte man das gewinnen? Wollte irgendjemand das haben? Unverständlich. Oder veräppelte sie ihn?

„Um Eierlikör?", fragte er vorsichtshalber nach. „DEN Eierlikör?"

Der Blick der Dame zeigte ihm, dass sie ihn für komplett debil hielt. „Ja, genau DEN." Dann erbarmte sie sich und zeigte ihm ihr Heft. Tatsächlich, auf der Seite mit dem Silbenrätsel war ein Set mit Likör und zwei Gläsern abgebildet. Auf der anderen Seite gab es ein Kreuzworträtsel, und als Preis für Fleiß und Schweiß lockte ein Fußbadesalz. Na Wahnsinn.

Offenbar zeigte sein Gesichtsausdruck deutlich, was er von der Sache hielt, denn die Frau grinste und nahm einen tiefen Schluck Bier. Die hatte ohnehin einen ganz ordentlichen Zug, fand Horst. Sie aber legte endlich ihr Heft zur Seite, lächelte und sagte:

„Andere kämpfen um hässliche Pokale."

Das stimmte natürlich. Horst verstand die Bemerkung als kleinen Seitenhieb, aber auch als Kompliment: Die Frau kannte ihn offensichtlich.

„Haben Sie meinen Lauf gesehen?"

„Welchen Lauf?"

Ups, was war das denn? „Na, meinen Durchgang. Beim Surfen."

„Ach, Sie surfen? Sie sehen gar nicht so aus."

Wie jetzt? Wie meinte sie das? Wie musste man denn aussehen, wenn man surfte? Stand irgendwo geschrieben, dass man das mit sechzig nicht mehr durfte? Oder was meinte sie?

„Wie meinen Sie das?"

Die Frau war etwas verlegen. Anscheinend wollte sie nicht unhöflich sein. Ihr Lächeln wirkte mädchenhaft, als sie versuchte, seiner Frage auszuweichen.

„Ich habe noch nie bei einem Surfrennen zugesehen. Ich bin wegen des Literaturfestivals hier. Es startet übermorgen."

Auch das noch: Eine Kulturschnepfe. Aber das war nicht die Antwort auf seine Frage gewesen.

„Wie muss man denn aussehen, wenn man surft?" fragte er inquisitorisch. Sie zuckte die Achseln.

„Naja, die meisten sind ja doch ein bisschen jünger als Sie. Und nicht so…"

„Verrunzelt, meinen Sie?" Das konnte sie nicht meinen. Er hatte keine Runzeln, von ein paar feinen

Lachfältchen um die verführerischen Augen einmal abgesehen. Doch sie nickte und zupfte dabei an einem Eselsohr an ihrer Zeitschrift. Eine reine Übersprungshandlung, analysierte er messerscharf. Dummes Weib! Spontan beschloss Horst, heute einmal seinem Prinzip, nur absolut glattes und faltenfreies Fleisch zu liebkosen, untreu zu werden. Dieser „Frau in den besten Jahren" würde er zeigen, wozu ein Mann seines Alters noch in der Lage war. Er begann, die üblichen Register zu ziehen, zeigte all seine Verführungskünste. Und es wirkte, schon in kurzer Zeit hatte Madame dieses unsägliche Heft vergessen. Sie lachten zusammen, tranken, auch er versuchte sich an einem Flaschenbier. Es war lustig.

Viele Stunden später war es immer noch lustig. Sie hatten in dem Café etwas gegessen, sie einen Apfelpfannkuchen, er ein echtes Männeressen: Hamburger mit Pommes. Dann war es kühl geworden und sie hatten die Terrasse verlassen. Nun standen sie in einem Kellerlokal, noch immer mit Flaschenbier. Sie hieß Antje, war allein auf der Insel und offensichtlich nicht prüde – einige ihrer Bemerkungen deuteten auf ein bewegtes Leben hin. Er bemühte sich, sie gut zu unterhalten, wenngleich auch ihre Erzählungen ihn immer wieder zum Lachen brachten. Er ertappte sich, dass seine Augen an ihren Lippen hingen, während seine Lippen an einer Bierflasche hingen. Was für ein

Spaß – so viel Bier hatte er seit seiner Jugend nicht mehr gehabt. Er nickte, als Antje etwas fragte. Was auch immer, verstanden hatte er sie in diesem Getöse hier nicht.

„Zwei Körnchen hier", hörte Horst die tiefe Stimme des Gastwirts neben sich. Zwei kleine Gläser landeten vor ihnen auf der Theke. Oha, wer hatte das denn bestellt? Offenbar diese Wahnsinnige an seiner Seite, denn sie nahm das Glas sofort in ihre kleine Hand, prostete ihm grinsend zu und goss das widerliche Zeug hinunter. Du liebe Güte, wo ließ die das alles? Mann oder Memme, dachte Horst, holte tief Luft und kippte das eiskalte Zeug den Hals herunter. Furchtbar, furchtbar! Er brauchte tatsächlich sechs von dieser Sorte, bis er sich einigermaßen an den Geschmack gewöhnt hatte. Aber es ging, ein ganzer Kerl wie er ließ sich von winzigen Getränken nicht einschüchtern.

Horst fühlte sich wohl. Er saß in einem verräucherten Loch, mit einer verruchten alternden Frau an seiner Seite und trank komische Sachen. Aber alles war gut. Die Frau war attraktiv, er war in Form. Die Nacht würde fantastisch werden, morgen würde Snow White den nächsten Pokal abstauben und übermorgen würde er Anna rausschmeißen. Hauptsache, sein kleiner Freund machte heute Nacht mit – der war so viel Alkohol nicht gewohnt.

„Lass mich nicht im Stich, Kumpel!" flüsterte Horst seinem müden Gemächt zu, als er ein letztes Mal zur Toilette gewankt war. Es waren nicht mehr viele Gäste da, der Wirt wollte schließen. Als Horst aus dem Waschraum kam, war er der letzte Gast. Der Allerletzte.

„Äähh… wo ist denn die Dame?" fragte Horst den massigen Wirt. Das heißt, er wollte fragen. Der Mann aber sah ihn an, als hätte er Suaheli gesprochen.

„Wie bitte?"

„Antschö?" versuchte Horst es noch einmal. Der Wirt nickte.

„Die ist schon los!" Mit diesen Worten drückte er Horst seinen Pulli in die Hand und schob ihn sanft, aber bestimmt zur Tür.

Horst verbrachte die Nacht allein, in einem komaähnlichen Zustand. Er war auch am nächsten Morgen allein, als er im Spiegelkabinett seines Hotelzimmers kniete, seinen Freund Villeroy umarmte und für die Sünden der letzten Nacht büßte. Den Pokal gewann ein anderer. In der aushängenden Resultatliste stand neben seinem Namen – Horst Schmitzke – keine Punktzahl, sondern ein trockenes „nicht angetreten".

Horst verließ die Insel am nächsten Tag. Die Frau, die ihn besoffen in der Kneipe hatte sitzen lassen, sah er nicht wieder. Und so machte er auf der Heimfahrt einen kleinen Abstecher in eine Kleinstadt, kaufte bei

Eisenwaren Freese einen schönen silberfarbenen Kelch und ließ seinen eigenen Namen eingravieren. Außerdem erwarb er bei einem Juwelier ein hübsches Glitzerteilchen. Beides würde er Anna mitbringen. Damit sie sich freute, und damit jedenfalls einer stolz auf ihn war. Vielleicht würde er sie demnächst einmal mitnehmen, wenn er surfen ging. Sie ließ ihn zumindest nicht im Stich. Und vielleicht war es inzwischen ja doch ganz gut, wenn jemand auf ihn aufpasste.

Als ihre Mutter beerdigt wurde, trug Friederike Hochstätter Schwarz. Zum einen, weil sich das so gehörte, zum anderen, weil ihre Mutter es so gewollt hätte. Sie stand im Nieselregen am Grab, eine einzelne dunkelrote Rose in den schmalen Händen, und wartete auf den richtigen Zeitpunkt, diese dem hochwertigen Eichensarg hinterherzuwerfen.

Friederikes Kindheit war trist gewesen: Geboren in einer wohlhabenden Familie, aber aufgewachsen in einer kühlen Umgebung mit wenig Freude, war sie ein stilles Mädchen gewesen, das sich von der übermächtigen Mutter herumkommandieren ließ und stets dazu angehalten wurde, wenig aufzufallen. „Die Contenance wahren", das war jahrelang Friederikes Hauptaufgabe. Der Vater starb früh und hinterließ eine herrschaftliche Villa sowie ein beträchtliches Vermögen, das seine Frau in Stil und Design investierte. Sie gestaltete ihre Umgebung in den von ihr bevorzugten Farben Schwarz, Grau und Beige, wobei sie die Nicht-Farbe Beige niemals bei diesem Namen nannte. Sie sprach lieber von Wollweiß, Creme, Perle, Ecru oder Natur und staffierte auch ihre Tochter in diesen Farbtönen aus. Friederike lernte, dass stilvolle

Kleidung unauffällig sein musste und riskierte selten mehr als ein marinefarbenes Seidentuch.

Nun also trug sie Schwarz, Beerdigungsschwarz. Der Pfarrer schloss mit einem Gebet, Friederike ließ die Rose fallen, ein paar Verwandte und Bekannte schippten Erde in das offene Grab. Sie gaben Friederike die Hand, sagten mitfühlende Worte, guckten betroffen. Das alles konnte jedoch nicht darüber hinwegtäuschen, dass niemand wirklich trauerte. Das war auch kein Wunder, denn die verstorbene Elisabeth Hochstätter war ein abscheulicher Mensch gewesen. Wahrscheinlich nicht absichtlich, aber das machte es nicht besser.

Unmittelbar nach der Beerdigung zerstreuten sich die Trauergäste. Friederike hatte auf die Kaffeetafel verzichtet, denn sie hatte Angst gehabt, dass niemand würde teilnehmen wollen. So blieb sie allein zurück, wechselte noch ein paar Worte mit dem Pfarrer und verließ schließlich den Friedhof. Sie wusste nichts mit sich anzufangen und schlenderte ziellos in Richtung Innenstadt. Ihr war kalt und sie ging in ein Café, um sich aufzuwärmen. Dort löffelte sie den Schaum von ihrem Milchkaffee, freute sich über das satte Braun des heißen Getränks und musste unwillkürlich lächeln: Eine Frau allein in einem Café, das war in den Augen ihrer Mutter immer unglaublich frivol gewesen. So etwas tat man nicht, hatte Friederike gelernt.

„Ich bin eine Schlampe", flüsterte sie ihrem Kaffee zu und nahm einen tiefen Schluck.

Nachdem sie noch einen Kaffee getrunken und dazu ein großes Stück Erdbeerkuchen gegessen hatte, zahlte Friederike und ging hinaus in die kleine Fußgängerzone. Es hatte aufgehört zu regnen und sie wanderte ziellos herum. An einem Schuhgeschäft hielt sie an und betrachtete die Sonderangebote im Eingangsbereich. Sie hatte Geld genug, sie musste nicht in diesem Billigschuhladen einkaufen. Doch irgendetwas zog sie hinein. Sie bummelte herum, probierte ein paar Sandalen und hielt irgendwann grinsend ein paar rosa Gummistiefel in der Hand. So etwas hätte sie als Kind gerne gehabt. Aber sie hatte nie Gummistiefel haben dürfen, denn sie brauchte keine. Im Schmutz spielten nur Bauern- und Proletenkinder. Und rosa Schuhe trugen nur Barbie oder Damen aus dem horizontale Gewerbe. Friederike hatte sich jahrelang gefragt, was es mit diesem Gewerbe wohl auf sich hatte. Als sie das endlich verstanden hatte, war sie aus dem Gummistiefelalter heraus gewesen.

„Du, wäre das nicht schön, wenn man die kaufen könnte?", fragte eine helle Stimme direkt neben Friederike. Sie gehörte zu einem etwa siebenjährigen Mädchen, das Friederike sehr bekannt vorkam. Es war etwas pummelig, hatte feuerrote Haare und eine

Unmenge von Sommersprossen. ‚Das muss Sonjas Tochter sein, die Ähnlichkeit ist enorm!', dachte Friederike mit einem freudigen Schreck. Sonja war ihre erste Schulfreundin gewesen, rothaarig, quirlig und immer zu Späßen aufgelegt. Sie hatten sich fast nur in der Schule sehen können, denn die Bauerntochter Sonja war in den Augen der Eltern kein adäquater Umgang gewesen. Trotzdem waren sie jahrelang gute Freundinnen, hatten nebeneinander gesessen und die Pausenbrote getauscht. Nur manchmal, ganz selten, hatten sie sich heimlich bei Sonja zuhause getroffen. Dann hatten sie wild gespielt, Friederike, Sonja und deren drei Geschwister, alle rothaarig und etwas pummelig. Damals hatte Friederike diese roten Haare geliebt. ‚Rot ist die Farbe der Freiheit!', hatte sie damals gedacht und sich auch so einen Feuerkopf gewünscht. Leider hatte sie Sonja nach der Mittelstufe aus den Augen verloren, da sie selber das Abitur machte, Sonja jedoch die Schule verließ, um eine Ausbildung zu machen.

Und nun stand sie hier neben diesem kleinen Mädchen, das genau wie sie ein paar rosa Gummistiefel mit Perlglanz in der Hand hielt. Die Kleine sah sehnsüchtig aus und Friederike hatte Lust, ihr eine Freude zu machen.

„Magst du die Stiefel haben? Dann kaufen wir sie!"
Sie nahm dem Kind die Schuhe ab und brachte sie zur
Kasse.

Das Mädchen strahlte: „Aber du musst auch welche haben!"

Friederike lächelte. „Aber ich brauche doch keine Gummistiefel."

„Jeder braucht Gummistiefel", fand die Kleine und trug die Stiefel in Friederikes Größe ebenfalls zur Kasse. So wurden zwei Paar Schuhe gekauft.

„Komm, die ziehen wir gleich an und probieren sie aus!"

Inspiriert von dem Mädchen zog Friederike die schwarzen Pumps aus und die rosa Gummistiefel an. „Ordinär", hörte sie von irgendwo her die Stimme ihrer Mutter. ‚Bequem', dachte sie und wackelte mit den Zehen. Heute war anscheinend Rosa die Farbe der Freiheit. Sie stopfte die plötzlich viel zu engen Pumps in einen Mülleimer am Straßenrand. Dann rannte sie hinter dem Mädchen her, das ihre Hand umklammert hielt und sie aus der Fußgängerzone herauszog.

„Wo willst du denn hin?" keuchte Friederike und polterte schwer atmend in den klobigen Stiefeln durch die Stadt. Es kam ihr vor, als sei sie noch nie in ihrem Leben so weit gelaufen, als das Mädchen endlich an einem Feldrand anhielt.

„Hier kann man schön matschen!", erklärte es und zeigte Friederike, wie man neue Stiefel testet: In Pfützen springen und in Matschlöcher, dann über die Wiese rennen bis zum kleinen Teich. Dort im Wasser herumstapfen und Entengrütze mit der Fußspitze auffangen. Leuchtendes Grün auf rosa Stiefeln – Friederike fühlte sich leicht wie nie. Aber müsste die Kleine nicht längst zuhause sein?

„Ich gehe, wenn wir hier fertig sind", antwortete das Mädchen auf ihre Frage.

Friederike aber hatte nicht vor, das Kind alleine nach Hause laufen zu lassen. Sie wollte mehr über das Mädchen wissen. „Wie heißt du eigentlich?" fragte sie.

„Aber das weißt du doch", sagte das Mädchen erstaunt und schaute, so wie Sonja immer geschaut hatte: Mit einem lustigen, fröhlichen Blitzen in den Augen, den Mund zu einem offenen Lächeln verzogen. „Ich muss jetzt gehen", sagte die Kleine. „War schön, dich mal wieder zu sehen." Sie drehte sich um und lief ein paar Meter, wobei sie immer blasser wurde. Es war, als löse sie sich in Luft auf. Friederike blieb verblüfft zurück. Wohin war das Kind verschwunden? War es eine Illusion gewesen? Sie war verwirrt.

Noch Wochen später musste Friederike immer wieder an das seltsame Mädchen zurückdenken. Es war kein Traum gewesen – alleine hätte sie sich doch niemals diese Stiefel gekauft. Ihr erstes Paar Gummistiefel. Inzwischen hatte sie fünf davon: Das Paar in Rosa, eines in Gelb, eines in Hellblau, eines in Rot und eines in Quietschgrün. Fast jeden Tag nach der Arbeit zog sie sich Gummistiefel an und lief zum Teich, um zu matschen. Oft traf sie dort Kinder, die dort spielten und sich über die Frau Mitte Dreißig, die so eine Neigung zu Schmutz und Entengrütze hatte, sichtbar wunderten. Ab und zu war auch mal eine Mutter am Teich. Am Blick dieser Frauen sah Friederike, dass sie sie für bekloppt, aber harmlos hielten. Und ein junger Bauer, der regelmäßig mit seinem Traktor auf den Feldern herumfuhr, grüßte Friederike bereits und lachte jedes Mal fröhlich, wenn er sie sah. Das rothaarige Mädchen aber traf sie nicht mehr.

Nackte Tatsachen oder: Wo ist Harry?

Eva-Maria starrte unwillig auf die Tabelle, die vor ihr auf dem Schreibtisch lag. Da stimmte vorne und hinten nichts. Sie hatte alles drei Mal nachgerechnet, aber es wurde nicht besser. Es half nichts: Sie musste den Buchhaltungs-Harry fragen. Leise seufzend ging sie über den Flur zu dem Büro, das der penible Zahlen-Spezialist sich mit drei Kollegen aus dem Controlling teilte.

Wie immer klopfte Eva-Maria kurz an, bevor sie die Tür schwungvoll öffnete und eintrat. Dieses Mal jedoch schloss sie die Tür sofort wieder, starrte für eine Sekunde das Türblatt an und kniff die Augen zu: Denn in dem vollbesetzten Vierer-Büro waren sie alle nackt. Splitternackt.

Eva-Maria öffnete die Tür nochmals, dieses Mal nur einen Spalt weit. Und in der Tat saßen Harry und Thomas, Sigrid und die Sternberg noch immer so, wie die Natur sie geschaffen hatte, am Schreibtisch. Was sollte das? War das die versteckte Kamera? Sie schloss die Tür wieder.

„Was drücken Sie sich denn hier so verschämt auf dem Flur herum, Frau Baumann?"

Sie erschrak. Es war ihr Chef, der Geschäftsführer Binsemann, der sie das fragte. Was sollte sie sagen? Ob es die frühe Stunde war oder immer noch die Verblüffung, irgendetwas ließ Eva-Maria stammeln:

„Ääähhh … ich weiß auch nicht. Bei Buchhaltungs-Harry sind alle nackt!"

„Wie, nackt? Wer ist wo nackt, Frau Baumann?"

„Buchhaltungs-Harry, also, ich meine, Herr Müller und seine Kollegen!"

„Soso", schmunzelte der Geschäftsführer, „sie sind also alle nackt da drinnen. Und was machen sie dort, so nackelig? Treiben sie etwa … Unzucht miteinander?"

Unzucht? Nein, das hatte Eva-Maria nicht beobachtet. „Sie sitzen da und arbeiten", erklärte sie ihrem Chef reichlich verwirrt. Der nickte väterlich.

„Ach so, sie arbeiten nackt. Jaja, ist ja auch warm heute!"

Er legte seine große Hand auf die Klinke und öffnete vorsichtig die Tür. Dort saßen sie, die Kollegen, und arbeiteten scheinbar konzentriert: Thomas in Jeans und Poloshirt, Sigrid im hellen Leinenkleid. Von der Sternberg sah man nur eine karierte Bluse, den Rest verdeckte der Schreibtisch. Und Harry fehlte.

„Guten Morgen, liebes Zahlenteam! Alles gut heute?" Der Geschäftsführer hielt einen freundlichen kleinen Small Talk, schloss dann die Tür und wandte sich wieder seiner Sekretärin zu.

„Nackt, ja?" fragte er sie mit hochgezogenen Augenbrauen.

„Aber sie hatten nichts an", verteidigte Eva-Maria sich. „Alle vier! Harry ist verschwunden, obwohl wir vor der Tür standen. Der muss aus dem Fenster gefallen sein!"

Geschäftsführer Binsemann war ein erfahrener Mann. Er sah, dass seine Sekretärin nervlich am Ende war.

„Wissen Sie was, Frau Baumann? Sie gehen jetzt mal einen Kaffee trinken. Ich kümmere mich derweil um den verschwundenen Buchhaltungs-Harry – irgendwo muss er ja sein."

„Sie waren nackt, wirklich nackt!", beteuerte Eva-Maria nochmal, bevor sie unwillig in Richtung Teeküche schlich.

Martin Binsemann sah seiner Sekretärin etwas irritiert nach. Er arbeitete erst seit ein paar Monaten mit ihr zusammen, wusste aber, dass sie weder zum Fantasieren noch zur Hysterie neigte. Also war sie entweder krank oder stand unter Drogen. Oder – und das erschien ihm wahrscheinlicher – irgendetwas Merkwürdiges ging im Büro der Controller vor sich. Ohne anzuklopfen, betrat er nochmals das Büro seines

Zahlen-Teams. Drei Augenpaare sahen ihn erschrocken an: Thomas, Sigrid und Frau Sternberg.

„Wo ist Harry?", fragte Binsemann und sah die Kollegen ruhig an. Dreifaches Schulterzucken, verlegene Blicke. Er ging zum Fenster, sah kurz hinaus: Kein nackter Harry unten im Blumenbeet. Einen anderen Ausgang gab es nicht. Also war er noch hier im Büro. Einem Instinkt folgend, lehnte Binsemann sich entspannt gegen die Tür des hohen Garderobenschranks und ließ den Blick durch das Zimmer schweifen. In einem der großen Pflanzenkübel lag eine einsame Socke – die gehörte da nicht hin.

„Was war hier los?", fragte der Geschäftsführer und wieder sahen die Kollegen sich nur verschwörerisch an.

„Gut, Sie wollen also nichts sagen. Dann rate ich mal: Gestern war Bowlingabend, oder? Und die Werber haben mal wieder gewonnen. Hoch gewonnen…"

Thomas stöhnte auf eine Art und Weise, die bewies, dass Martin Binsemann auf der richtigen Fährte war: Der monatliche Bowling-Wettstreit der beiden Abteilungen war seit Jahren legendär in der Firma. Der Verlierer musste Kuchen für alle mitbringen, oder auch mal Bier oder ein Grillessen. Und in bestimmten Fällen, wenn eine Mannschaft sich richtig blamiert hatte, musste sie auch etwas richtig Blamables tun: In der Innenstadt singen und tanzen zum Beispiel, oder auch die Fenster aller Autos auf dem Parkplatz putzen. Dieses Mal hatten sie also nackt im Büro gesessen. Binsemann schüttelte den Kopf:

„Wer hat sich den Mist denn ausgedacht?" fragte er, ohne groß auf eine Antwort zu hoffen.

„Ich", fiepste da zu seiner Überraschung die Sternberg.

Er war erstaunt. Die stille, immer etwas hausbacken wirkende Anja Sternberg wirkte nicht so, als hätte sie derart kreative Ideen. Und wieso legte sie die Strafe für ihr eigenes Team fest?

„Naja", erklärte Thomas, „wir legen die Sanktion ja immer schon vorher fest – Kuchen bei einem knappen Spiel, was Schlimmeres bei einer Blamage. Und die letzten Male hatten wir immer gewonnen. Es schien uns kein Risiko dabei zu sein. Aber dann hat Harry völlig versagt!"

Aus dem Garderobenschrank ertönte ein empörter Laut. „Gar nicht wahr!"

Binsemann verließ seinen Posten vor der Schranktür nicht.

„Wie lange solltet ihr hier denn nackt sitzen?" fragte er neugierig, und Sigrid gab Auskunft.

„Nur solange, bis der Erste reinkommt. Zum Glück ist die Baumann gleich wieder raus und wir haben uns schnell was übergezogen. Wir haben Sie auch vor der Tür gehört und uns beeilt."

„Und warum ist Herr Müller im Schrank?", wollte Binsemann wissen, und der Buchhalter selber klärte ihn auf:

„Weil mir irgend so ein Vollidiot die Hosenbeine zugetackert hat!"

Grinsend gab der Geschäftsführer seinen Posten vor dem Garderobenschrank auf und öffnete die Tür. Buchhaltungs-Harry polterte heraus, in einem für seine Verhältnisse sportlichen T-Shirt und einem großen roten Feinripp-Schlüpfer. In der Hand hielt er eine Flanellhose und eine kleine Zange, mit der er die silbrigen Heftklammern aus dem Stoff heraus fummeln wollte.

„Blöder Hund!", maulte er Thomas an, der sofort protestierte. Am betont unschuldigen Gesicht Anja Sternbergs sah Binsemann, dass die scheue Kollegin wohl doch durchtriebener war, als er gedacht hatte. Allerdings konnte er diesen Gedanken zunächst nicht weiter verfolgen. Er musste sich jetzt um seine Sekretärin kümmern.

„Ihr vier Unglücksraben ladet Frau Baumann demnächst mal zum Essen ein. Die muss ja denken, dass sie Visionen hat. Und in Zukunft bleibt ihr bitte alle angezogen, zumindest während der Arbeitszeit."

Vier anscheinend einsichtige Mitarbeiter nickten brav, und Binsemann verließ das Büro. Noch während er die Tür schloss, hörte er den Buchhaltungs-

Harry keifen: „Wer war das?" und ein mehrstimmiges Lachen. Der Geschäftsführer lächelte und ging in Richtung Teeküche. Albern waren sie, diese Bowling-Spieler. Aber zumindest vertrugen sie sich und hatten Spaß miteinander. Das war ihm deutlich lieber, als wenn sie sich stritten, so wie die Kollegen aus dem Vertrieb. Und Frau Baumann würde sich gewiss auch wieder beruhigen. Immerhin war ihr der Anblick von Harrys Unterwäsche erspart geblieben.

Evas Problem

Eva war schlecht gelaunt. Eigentlich war sie ein gutmütiger Charakter, aber die Aufgabe, die ihr und Adam gestellt worden war, war schlichtweg unlösbar: „Macht euch die Erde untertan!" hatte der große Designer zu ihnen gesagt. Untertan, was auch immer das genau heißen sollte. Anscheinend sollten sie Chef spielen. An sich eine schöne Idee, aber das Areal war viel zu groß und unüberschaubar dafür. Außerdem machten alle, was sie wollten: Die Fische schwammen mal flussaufwärts, mal flussabwärts, je nach ihrem eigenen Gutdünken. Die Affen tobten herum und wenn Eva sie zur Ordnung rufen wollte, warfen sie mit Bananen. Die Löwen waren noch schlimmer: Sie versuchten, Adam zu fressen. Und das nur, weil er sie gebeten hatte, nicht überall im Paradies Essensreste liegen zu lasen. Er konnte sich nur durch einen beherzten Sprung auf einen Baum retten, wo er von einer Schlange belästigt wurde, die allerhand verbotene Substanzen feilbot – unter anderem auch die berüchtigten Äpfel. Alles in allem machte sich das versammelte Viecherzeug ziemlich lustig über diese beiden haarlosen Narren, die versuchten, sich als eine Art Blockwart aufzuspielen.

Eva fasste sich ein Herz und ging sich beschweren. Sie suchte den großen Designer auf, der noch immer an seiner Erde feilte und gerade die Wesen der Tiefsee formte.

„Was willst du, Eva?" fragte er sie freundlich, wirkte dabei aber etwas abwesend.

Sie holte tief Luft: „Die Aufgabe ist unlösbar, lieber Designer!"

Endlich sah er auf. „Welche denn?"

„Na, die mit dem Untertan machen der Erde. Das schaffen wir nie, Adam und ich. Wir sind nur zu zweit, alle anderen sind viele. Die lachen nur über uns. Der Löwe hat sich sogar zum „König der Tiere" ausrufen lassen. Wir haben keine Chance."

Der Designer nickte versonnen und wandte sich wieder seinen Tiefseebewohnern zu. Eva reagierte ungeduldig.

„Designer? Hey, ich rede immer noch mit dir! Hast du irgendwelche Vorschläge?"

Er nickte und brummelte etwas. Dann sah er auf. „Seiet fruchtbar und mehret euch!", sagte er und schickte Eva fort.

Eva war frustriert. Fruchtbar sein, sich mehren – sie wusste, wie das geht. Die Schlange hatte ihr davon erzählt und sie hatte es oft beobachtet. Besonders gerne natürlich bei den Affen, da konnte sie am meisten lernen. Ihr Instinkt sagte ihr, dass es bei ihr und

Adam eigentlich genauso gehen müsste. Es sah sogar aus, als würde es Spaß machen! Also, ihr zumindest. Als sie Adam vorgeschlagen hatte, es einmal zu versuchen, hatte er nur ungläubig geguckt und gelacht. Stattdessen hatte er sie mit an den Fluss genommen, dort bespritzt und unter Wasser getaucht.

„Das macht doch auch Spaß, nicht wahr, Eva?" Die Vorstellung davon, was Spaß war, schien bei ihnen stark unterschiedlich zu sein.

Eva versuchte es noch ein paar Tage lang. Sie kämmte sich die langen Haare, bis sie wie ein glänzender heller Schmuck um ihre Schultern flossen, und rieb ihre Haut mit duftenden Rosenblättern ein. Sie besah sich im glatten Wasser des Sees und was sie sah, gefiel ihr. Sie hatte eine Figur wie eine sanfte Hügellandschaft, ihre Augen hatten die Farbe des Himmels und das Haar leuchtete wie wunderbarer Honig. Selbst die Paviane auf dem nahen Felsen begannen zu pfeifen, als sie vorbeilief. Nur Adam sah mal wieder nichts in ihr. Er war nicht unfreundlich, im Gegenteil: Er teilte ein paar frische Feigen mit ihr und erzählte ihr eine lange Geschichte darüber, wie er den ganzen Nachmittag einen Ameisenstaat beobachtet hatte, um sich von den Tierchen etwas abzuschauen. Die schienen nämlich durchaus Ahnung von Organisation zu haben, und das brauchte man, um sich die Erde untertan zu machen. Eva hörte zu, strich sich ab und zu durch ihr glänzendes Haar, berührte Adam und kam ihm so nah, dass er von all dem Rosenduft niesen musste.

„Huch, bist du nah dran!", kicherte er und stach sie spielerisch in die Seite. Eva gab auf.

Am nächsten Tag besuchte sie wieder den Designer. Sie schimpfte: „So geht das nicht! Adam weiß gar nicht, was ich von ihm will! Kannst du nicht mal mit ihm reden?"

Der Designer bekam einen roten Kopf. Seine Schöpfung aufzuklären, hatte er eigentlich nicht eingeplant. Er druckste herum und hatte dann eine Idee.

„Komm morgen wieder, mein Kind. Dann habe ich etwas für dich!"

Eva war zufrieden. „Hallelujah, er macht mir einen Neuen!", freute sie sich und ging beschwingt nach Hause. In der Nacht träumte sie unruhig und als sie erwachte, war es ihr wohlig warm.

Tags darauf lief sie eilig die kurze Strecke zum Designer und trat erwartungsvoll vor seinen Arbeitstisch. „Und, wo ist er?", fragte sie erwartungsvoll, und mit stolzem Lächeln zeigte der Designer auf ein kleines Häuflein auf dem Tisch.

„Da!", sagte er und mit unverkennbarem Stolz.

Eva verstand nicht. „Wo? Das hier?", fragte sie und ihre Finger tasteten unsicher nach dem schwarzroten Gebilde auf dem Tisch.

„Ja! Zieh es an!"

Eva entfaltete zögernd den Stoff und stellte fest, dass dieses Ding aus glänzendem, löchrigem Material mehrere Teile hatte. „Was ist das?", fragte sie ratlos.

„Reizwäsche!", erklärte der Designer und zeigte ihr, wie er sich die Sache vorstellte. Eva ließ sich die sonderbaren Teile anlegen und fand sie unbequem. Aber gut, wenn es half, würde sie diese Gebilde eben tragen.

Mit ungewohnt eingeklemmten Brüsten und etwas breitbeinig wegen der Schnur zwischen ihren Hinterbacken eilte Eva zu Adam. Sie baute sich vor ihm auf und fragte: „Adam, wollen wir Spaß haben?"

Er hatte Spaß, denn er lachte sich fast tot über ihren Aufzug. Um mitzumachen, setzte er sich eine Bananenschale auf den Kopf und hampelte herum, als wäre er irre. Eva vergrub die Reizwäsche neben dem Abtritt.

Deprimiert ging Eva in den Wald und setzte sich dort unter einen Baum. Nachdem sie eine Weile einsam dort vor sich hin gegrübelt hatte, spürte sie ein Kitzeln unter dem Kinn. Es war die Schlange, die sich verführerisch um sie herumwickelte und leise zischelnd fragte, warum Eva denn so traurig sei. Sie kannte die Probleme, die die beiden putzigen Menschlein miteinander hatten, und wurde nun auf den neuesten Stand gebracht. Verständnisvoll nickte sie.

„Ich sehe schon, der Designer hat keine Ahnung vom wahren Leben. Aber ich kann dir helfen!" Eifrig ringelte die Schlange davon und kam bald danach mit einem Pülverchen wieder. „Hier, das müsst ihr nehmen, dein Adam und du. Es macht, dass Adams Blick ein wenig verschwimmt und dass du aussiehst wie ein Knabe. Aber ich muss dich warnen: Es ist Apfel darin!"

Eva war fast egal, was darin war, wenn es nur helfen würde. Trotzdem fragte sie nach: „Was bedeutet das für uns?"

Die Schlange wiegte nachdenklich den Kopf. „Nicht viel, eigentlich. Wenn ihr es nehmt, werdet ihr aus dem Paradies ausziehen und künftig wie jeder andere für euren Unterhalt arbeiten müssen. Außerdem werdet ihr das Bedürfnis nach einem Feigenblatt vor euren Geschlechtern verspüren."

Eva willigte ein. Es war ja so viel Platz auf der Welt, warum also nicht woanders wohnen? Arbeit gab es reichlich und Feigenblätter auch. Und was hatte sie schon für eine Wahl?

Eva nahm das Pulver, dankte der Schlange und ging nach Hause. Sie mengte ein Löffelchen der Substanz unter den Abendeintopf, den sie wie immer meisterlich zubereitet hatte. Adam aß reichlich davon, danach hatten sie Spaß. Hui, aber wie! Auch als sie sich am Tag darauf mit Sack und Pack außerhalb des Paradieses wiederfanden, bereute Eva nichts. Sie bauten sich eine kleine Hütte, arbeiteten für ihr Essen, trugen Feigen- oder manchmal auch andere Blätter und waren zufrieden. Besonders natürlich Eva, die neun Monate später den kleinen Kain gebar. Sie wiederholte die Übung mit dem Pulver und bekam Abel. Zwei Jungen, und das Pulver war alle. Um hier auf Erden weiter zu kommen, bräuchten sie noch mindestens achtzehn weitere Kinder. Und die würden Adam und Eva so sicherlich nicht bekommen.

Ein letztes Mal ging Eva zum großen Designer. Er saß an seinem Arbeitstisch und sah in eine große Glaskugel. Mit der konnte er die ganze Welt sehen und überall fast gleichzeitig hingucken.

„Hallo Designer!" grüßte Eva und warf einen neugierigen Blick in die Kugel.

„Eva!", sagte er und klang erfreut, aber wie immer etwas abgelenkt. „Wie ich höre, seid ihr umgezogen und habt endlich Kinder bekommen. Ja, was so eine neue Umgebung manchmal bewirken kann..." Er drehte seine Kugel etwas und sah aufmerksam hinein.

„Ja, danke, Designer, es geht uns gut. Die Kinder wachsen und gedeihen. Der Große ist etwas ungestüm, aber das wird schon noch werden. Und der Kleine ist ein echter Sonnenschein."

„Das freut mich, meine Liebe. Aber was kann ich denn für dich tun?"

Eva wand sich etwas. Es ist nie schön, wenn man das eigene Scheitern eingestehen muss, und gerade in dieser Situation war sie jetzt.

„Ja, lieber Designer, es geht noch einmal um die Aufgabe. Also, die Erde untertan machen und so. Wir schaffen es nicht. Genau genommen, sind wir noch gar keinen Schritt weiter gekommen. Die Kinder sind noch zu klein, um uns zu helfen, und wir sind immer noch zu wenige. Wir haben unser Auskommen, aber zu mehr reicht es einfach nicht. Es tut mir leid, aber ich fürchte, du musst diese Aufgabe jemand anderem geben."

Leise brummelnd sah der große Designer in seine Kugel. Die Entwicklung auf der Erde gefiel ihm nicht so recht: Überall ein Durcheinander, ohne Führung, ohne Struktur. Die Tiere hatten sich vermehrt, so dass es überall vor Leben wimmelte. Und die Pflanzen wucherten so stark, dass sie dem Designer teilweise sogar die Sicht versperrten. Auch wenn es ihm schwer fiel, musste der Designer zugeben, dass die Aufgabe für zwei Menschen zu groß war.

„Wir machen das anders, Eva: Ihr werdet Verstärkung bekommen. Ich werde noch einmal meinen Brennofen anheizen und mehr von euch schaffen. Ich will dich aber warnen: Genau wie bei den Affen oder den Löwen, kann es auch mal Streit geben, wenn es mehr von euch gibt. Also nicht, dass mir dann Beschwerden kommen!"

Eva versprach, sich nicht zu beschweren, und ging nach Hause zu ihrer Familie. Sie kam gerade rechtzeitig, um Kain zu schelten, der Abel eine verfaulte Mandarine an den Kopf geworfen hatte.

Der große Designer aber lief noch einmal zur Hochform auf. Er verarbeitete Massen von Lehm, formte Männer und Frauen. Er gestaltete sie unterschiedlich und experimentierte mit Materialien und dem Brennofen. Die einzelnen Serien setzte er jeweils in verschiedene Teile der Erde, um zu gucken, wie sie sich dort machen würden: Es gab Schwarze, Weiße, Gelbe, Rote und welche in verschiedenen Brauntönen. Er gab ihnen Haare und Augen in unterschiedlichen Farben, um sie später, wenn sie durcheinanderliefen, voneinander unterscheiden zu können. Während er noch schuf und formte, sah er immer wieder durch seine Kugel, und was er sah, wirkte äußerst gedeihlich. Er war zufrieden.

Und auch Adam und Eva waren zufrieden. Adam, weil er eines Tages am See einen Burschen fand, der wie er selbst war und jeden Tag mit ihm Spaß haben wollte. Und Eva, weil sie schon bald ein nettes Kränzchen aus lustigen Frauen beisammen hatte, mit denen sie über alles reden konnte. Das Leben war schön und friedlich. Allerdings würden ihnen irgendwann ihre erwachsenen Kinder Sorgen machen. Aber das ist eine andere Geschichte, und sie soll an anderer Stelle erzählt werden.

Biene oder Wespe? Fragend betrachte ich den Gast, der sich in meiner Topf-Gerbera auf dem Fensterbrett tummelt. Schwarz-gelb und schlank – keine Hummel. Bienen sind Nutztiere, Wespen Feinde. Hinterhältig und gemein. Und lebensgefährlich, zumindest für mich. Ihre bloße Anwesenheit ist eine Bedrohung, die mich zwingt, in den Sommermonaten stets aufmerksam zu sein und niemals ohne mein Notfallset das Haus zu verlassen. Und die mich seit zwei Jahren dazu bringt, regelmäßig ein stark abgeschwächtes Gift in meinen Körper pumpen zu lassen. Die Spritzen tun weh, sorgen für Schwellungen und sollen mein Überleben wahrscheinlicher machen, sollte ich wieder einmal von so einem stechwütigen Biest angegriffen werden. Denn nicht immer hat man so viel Glück, wie ich es damals vor zwei Jahren hatte.

Wir waren in heiterer Stimmung gewesen an diesem Sommernachmittag. Kaffee und Pflaumenkuchen, dazu muntere Mädchengespräche. Vier Freundinnen sind wir und treffen uns regelmäßig einmal im Monat zum Kaffeeklatsch. An jenem Sonntag war Tanja dran, was günstig war, denn sie war die einzige von uns, die einen kleinen Garten hatte. So konnten

wir das milde Spätsommerwetter richtig schön nutzen. Die Laune war gut, es wurde viel gelacht und
gealbert. Es war ganz wie früher, als wir zusammen
zur Schule gegangen waren. Und dann spürte ich ein
Krabbeln, griff mir unbewusst an die Wade und ein
Schmerz schoss mir in den Finger.

„Aua, verdammt, was ist das denn?" Mit zusam-
mengebissenen Zähnen betrachtete ich meinen Zeige-
finger.

„Oje, hat dich eine Wespe gestochen?" Tanja
sprang auf. „Komm ins Bad, da habe ich eine Salbe.
Was Kaltes bekommst du drinnen auch."

Getröstet durch ihre Fürsorge sowie die lautstar-
ken Mitleidsbekundungen von Ulla und Nadine ließ
ich mich ins Haus führen und bemuttern. Der Schreck
saß mir in den Gliedern und ließ mich zittern. Es war
erst mein zweiter Wespenstich – hatte der erste auch
so weh getan? Ich wusste es nicht mehr.

„Was hast du da denn?", fragte Tanja mich, nachdem sie mich mit einem Kühlpäckchen versorgt hatte
und wir gerade wieder hinausgehen wollten.

„Weiß nicht." Fasziniert und ein bisschen träge betrachtete ich die komischen Bläschen, die sich an meinen Händen bildeten. „Das war vorhin noch nicht
da." Die Blasen juckten und ich kratzte ein wenig. An
den Beinen juckte es auch.

„Im Gesicht kommen auch Blasen", bemerkte Tanja, und ich hörte Besorgnis in ihrer Stimme.

Ich aber wusste, woran es lag: „Das kommt von der Hitze hier drinnen. Lass uns wieder rausgehen."

Sie schüttelte den Kopf. „Es ist nicht heiß hier. Mit dir stimmt etwas nicht. Du hast auch eine ganz seltsame Farbe. Ich rufe einen Notarzt."

Amüsiert wollte ich protestieren, aber sie hatte schon die 112 gewählt. Ruhig und bestimmt sprach sie ins Telefon und mir wurde es zu bunt. Ich nahm den Hörer.

„Glauben Sie mir, mir fehlt nichts. Es juckt nur und die Haut wirft Blasen. Wir kommen ins Krankenhaus, dort kann man mir eine Creme geben."

Die Stimme am anderen Ende klang energisch: „Sie bleiben, wo Sie sind. Sonst finden wir Sie nicht rechtzeitig!"

Komischer Vogel, was meinte der wohl damit? Ich wollte doch nicht Verstecken mit diesen Leuten spielen. Ich versuchte zu lachen, aber mein Gesicht war so eigenartig hart. Der Hörer fiel auf den Boden, ich hinterher. Kurz hörte ich noch Tanjas Stimme, sie rief nach Ulla und Nadine. Dann war es leise.

Es war eine eigenartige Stille, die mich umgab. Es fühlte sich an wie ein Schweben in warmem Wasser, nein, unter Wasser. Wenige Töne drangen gedämpft an meine Ohren, sie klangen dumpf und beruhigend wie die Schläge eines sehr großen Gongs. War das mein Puls, den ich da hörte? Ich konnte es nicht einordnen, aber es war mir auch egal. Zum Nachdenken war später noch Zeit, jetzt wollte ich mich entspannen und ausruhen. Zufrieden ließ ich alles, was mich sonst immer beschäftigte, los.

Es ist schon seltsam, welche Wege das Leben nehmen kann. An diesem Sonntag im August war ich fröhlich und voller Zuversicht aus dem Haus gegangen, nur um drei Stunden später willig dem Tod entgegenzugleiten. Mit noch nicht einmal 26 Jahren – was für ein unglaublicher Gedanke. Zum Glück hatten nicht alle so bereitwillig mein Leben losgelassen wie ich: Tanja hatte meine Beine hochgelegt, Luft in meine Nase geblasen und zusammen mit Ulla mein Herz massiert, so wie wir es einige Jahre zuvor gemeinsam im Erste-Hilfe-Kurs gelernt hatten. Und Nadine hatte auf der Straße gestanden und den Notarzt hereingeführt, der mich mit Medikamenten versorgte und mein Herz wieder in Gang brachte. Sie hatten geschrien, erzählte Ulla mir später, allesamt laut und hysterisch geschrien, aber dann doch das Richtige getan.

Das dumpfe Geräusch in meinem Kopf blieb eine Weile ruhig und gleichmäßig bestehen. Doch dann störte mich etwas. Lärm, hier unter Wasser?

Jemand rief meinen Namen, immer wieder: „Lydia! Lydia, hören Sie mich? Lydia!"

Lydia, ein blöder Name. Was hatten meine Eltern sich dabei nur gedacht? Und warum rief man mich hier? Konnten die nicht einen Moment ohne mich auskommen? Ich wollte meine Ruhe haben!

„Lydia!" Jemand patschte mit den Händen in mein Gesicht. Ich konnte es noch nie leiden, wenn mir jemand ins Gesicht fasst. Mühsam öffnete ich die Augen und sah verschwommen einen älteren Mann, der mich begeistert anlächelte. Wer war das? Und wo war ich?

„Alles in Ordnung!", behauptete der Fremde und nickte vertrauenserweckend. Weitere Nachforschungen waren mir zu anstrengend und ich schlief ein.

Ich musste vier Tage im Krankenhaus bleiben, davon einen auf der Intensivstation. Man erklärte mir, dass ich hochallergisch auf Wespengift sei und es hauptsächlich meinen Freundinnen zu verdanken sei, dass ich diesen Wespenstich überlebt hatte. Und man sagte mir sehr deutlich, dass es beim nächsten Mal schlimmer werden würde.

„Dann sind wir vielleicht nicht mehr schnell genug bei Ihnen."

Ich bekam ein Notfallset und ein Merkblatt mit Verhaltensregeln für eben jenen Notfall sowie die Adresse einer Fachklinik, in der möglichst bald eine

Desensibilisierung durchgeführt werden sollte. Damit sie mich künftig nicht mehr so überrumpeln konnten, diese heimtückischen Biester. Denn genau das war doch geschehen an diesem Nachmittag: Völlig unvorbereitet war ich angegriffen worden. Nur deshalb war ich bereit gewesen, mein Leben, mein schönes, liebes Leben so schnell aus der Hand zu geben. Das war nun anders: Die Tage der Unschuld waren vorbei. Inzwischen war ich gewarnt, ging mit offeneren Augen durch die Welt, geschützt durch Notfallset und Notrufnummer. Und ich war bewaffnet!

Biene oder Wespe, Freund oder Feind? Ich kann es nicht erkennen. Und so beschließe ich, mich nicht auf weitere Verhandlungen einzulassen. Entschlossen drücke ich den Knopf des Insektensprays und sprühe auf das Tierchen ein. Als es tot vor der Gerbera liegt, kann ich es näher betrachten. Tatsächlich, eine Wespe. Zufrieden nicke ich, wobei ich wahrscheinlich dämonisch die Zähne blecke. Das hat dieses Luder nun davon, dass es sich in meine Wohnung eingeschlichen hat. Ich bin nicht mehr so hilflos wie noch vor zwei Jahren. Ich bin gerüstet und hänge am Leben. Kampflos ergebe ich mich ihnen nicht!

In Nordwestdeutschland geht es in vielen Dingen locker zu. Man duzt sich sehr schnell, muss zumeist keine besondere Kleiderordnung einhalten und nimmt es mit der Etikette nicht sehr genau. Eines aber ist, aller Entspanntheit zum Trotz, unbedingt zu beachten: Der Garten muss gepflegt werden. Und das bedeutet nicht nur, dass Blumen gepflanzt werden müssen, Gemüse gesät sowie ab und an der Rasen gemäht wird. Vielmehr gehört dazu, dass man unter dem Druck der ständig genau beobachtenden Nachbarn eine nahezu unkrautfreie Zone erschaffen muss, die zudem auch noch messerscharfe Kanten haben sollte. Natürlich muss das Ganze auch ordentlich begrenzt sein, etwa durch eine adrett zurechtgestutzte Hecke oder einen in jedem Frühjahr liebevoll gepinselten Zaun. Gartenzwerge, wasserspeiende Frösche oder Tonhühner auf dem Stock sind erlaubt, aber glücklicherweise nicht verpflichtend, und auch die allseits beliebten Pavillons sind nur eine Option.

Wichtiger Bestandteil der nordwestdeutschen Gartengewohnheit ist außerdem die anlassgetriebene Reinigungsarbeit: Denn wenn Schützenfest ist, muss es rund ums Haus sauber sein. Hecke schneiden,

Auffahrt fegen – ohne diese Tätigkeiten geht es vor Festen nicht, wenn man es sich nicht mit der gesammelten Nachbarschaft verderben will. Was sollten denn sonst auch die auswärtigen Gäste denken?

„Wahrscheinlich denken die gar nicht", maulte ich, wenn ich als Teenager wieder einmal zu einer in meinen Augen völlig sinnlosen Reinigungsaktion herangezogen wurde und winzige Kräutlein aus dem ansonsten porentief reinen Mutterboden pulen musste. Das aber ließen meine Eltern nicht gelten, denn schließlich waren wir ohnehin schon die mit den am wenigsten geraden Kanten und der an einer Stelle dauerkränkelnden Hecke. Vom unappetitlichen Mehltau an den Stachelbeersträuchern ganz zu schweigen! Und gegen Frank und Brigitte, die Nachbarn ganz vorne in der Straße, würden wir sowie nie anstinken können. Denn die ließen vor den Dorffesten das Gras immer dreieinhalb Tage länger wachsen und frisierten dann die Jahreszahl in den Rasen – mit einer Haushaltsschere. Nein, so weit ging der Garten-Fanatismus meiner Eltern nicht, aber sie verhielten sich gesellschaftskonform und fanden es tatsächlich ganz normal, vor der Konfirmation der Nachbarstochter eine Extra-Runde in Sachen Gartenpflege einzulegen. Schließlich würden auch dort Gäste erwartet, die kein schlechtes Bild von uns bekommen sollten.

„Was sollen die von uns denken?", lautete wiederum die Frage meiner Mutter, als ich versuchte, mittels logischer Argumentation die mir zugewiesenen Aufgaben wieder loszuwerden. Ich ging ja davon aus, dass die Gäste nur an das zu erwartende gute Essen dachten – dreierlei Fleisch mit Salzkartoffeln, Gemüse und Soße – wusste aber, dass Meutern keinen Sinn haben würde und fegte deshalb mit halber Kraft die ohnehin sauberen Gehwegplatten.

Einen aber gab es, der in der Lage war, in nur einer Nacht die Bemühungen eines ganzen Gartenjahres zunichte zu machen: Meister Maulwurf. Mein Vater war ohnehin nicht besonders glücklich mit unserer Grünfläche: Denn er säte immer wieder Grassamen aus, die ihm einen englischen Rasen bescheren sollten. So stand es zumindest auf dem Sack, aus dem er mit seinen großen Händen die Samen herausholte und sie verteilte. Was er trotz liebevoller Pflege bekam, war eine Wiese, die geschmückt wurde durch Löwenzahn, Gänseblümchen, Wiesenschaumkraut und die weniger beliebten, stacheligen Disteln. Das lag natürlich an den umliegenden Weiden und ließ sich ohne großzügigen Gifteinsatz nicht vermeiden, und den lehnte mein Vater ab. Trotzdem sorgte diese fröhliche Sommerwiese Jahr für Jahr für Verdruss. Besonders natürlich, weil Frank, Vaters nachbarschaftlicher Intimfeind, einen Rasen sein Eigen nannte, der aussah wie ein dicker, grüner Teppich aus original Windsor-Gras. Als dann auch noch ein besonders fleißiger Maulwurf bei uns einzog, sank Vaters Laune auf den Nullpunkt.

In dieser Zeit wurden wir Zeugen, wie sich unser freundlicher, friedliebender Vater in eine schwer bewaffnete Kampfmaschine verwandelte. Zuerst stellte er sich ganz still über einen besonders großen Maulwurfshaufen, eine schwere Schaufel schlagbereit im Anschlag. Natürlich war der kleine Baumeister nicht so verwegen, seine Nase gerade aus diesem Haufen herauszustrecken, sondern buddelte immer gerade dort, wo Vater nicht war. Nachdem er sich auf diese Weise ein paar Abende um die Ohren geschlagen hatte, gab mein Vater diese Strategie auf und rüstete nach. Er kaufte sich einige Fallen und versuchte, das kleine Tierchen damit zu fangen. Von Frank jedoch freundlichst darauf hingewiesen, dass diese Art von Fallen verboten seien und der Maulwurf ohnehin unter Naturschutz stünde, musste etwas Anderes her.

In Gartenratgebern stand zu lesen, dass der Maulwurf ein ruhebedürftiger Geselle wäre, der durch Vibration vertrieben werden könnte. Diese sollte sich tatsächlich durch ein Kinderspielzeug erzeugen lassen: Vater schickte mich in den nahen Spielzeugladen, wo ich eine Strandwindmühle kaufen musste. Das war mir mit meinen dreizehn Jahren unendlich peinlich, zumal mich ein Junge aus der Klasse fragte, ob die Mühle für mich wäre. Aber da die Vertreibung des Maulwurfs offensichtlich wichtig für den Seelenfrieden meines Vaters war, straffte ich die Schultern, hob trotzig das Kinn und ging mit einem Lächeln darüber hinweg. Und das war gut so, denn im Laufe der Woche wurde der Bestand an Windmühlen in unserem Garten auf ein gutes Dutzend aufgestockt. Die vielen bunten Mühlen in unserem Garten sorgten für eine heitere Grundstimmung. Besonders natürlich bei den Kindern, bei Frank, dem Feind, und bei dem Maulwurf. Derartig angestachelt und anscheinend ständig wach, buddelte er sich eine Mehrzimmerwohnung unter dem Rosenbeet und verschob die Gehwegplatten vor der Terrasse. Mein Vater sah es, seine Kiefer waren verbissen zusammengepresst. Er brauchte eine Atombombe.

Das folgende Wochenende sahen wir unseren Vater kaum, hörten ihn aber: Er klopfte, hämmerte und schweißte in seiner Werkstatt herum. Am Sonntag beim Kaffeetrinken hatte er Farbflecken an den Händen und war bester Stimmung: Die Maulwurfvertreibungsmaschine war fertig. Stolz zeigt er uns eine große, handgefertigte Windmühle aus solidem Blech. Wenn man die rotgelb lackierten Flügel drehte, vibrierte sie wie ein Rasenmäher und machte ein nervtötendes Geräusch. Oh ja, wenn etwas helfen würde, dann wohl diese Höllenmaschine.

Die ganze Familie folgte meinem Vater. Eifrig sammelten wir die inzwischen fünfunddreißig Strandwindmühlen ein und beobachteten, wie mein Vater die blecherne Monstrosität feierlich im Rosenbeet platzierte. Nichts passierte. Gar nichts.

Man muss sich diesen Augenblick vorstellen: Alle fünf Schillers standen im Garten und starrten, teilweise mit offenem Mund, auf die Maulwurfvertreibungsmaschine. Wir warteten auf ihr Rattern und Vibrieren. Und dann tat sich einfach nichts. Mein Vater justierte den Stand des Gerätes ein wenig nach, doch der Wind war zu schwach, um die metallenen Flügel zu bewegen. Wir wagten kaum, unseren Vater anzusehen, der sich wortlos umdrehte und ins Haus ging. Er tat mir leid und ich ging in den Keller, um mein altes, früher heißgeliebtes Fernlenkschiff zu suchen. Ich bot meinem Vater den Motor des Schiffes an und sah zu meiner Erleichterung, dass er wieder Hoffnung schöpfte.

In der Nacht begann es zu regnen und mit dem Regen kam ein ordentlicher Wind. Etwa um zwei Uhr in der Nacht hörte ich es: Die Maulwurfvertreibungsmaschine funktionierte doch. Zumindest tat sie, was sie sollte: Rattern und vibrieren. „Hört Ihr das?", rief mein Bruder aus seinem Zimmer, wohl weil meine Eltern im Flur herumrumorten. Natürlich taten sie das, und mit ihnen die ganze Nachbarschaft. Ich sah, wie in den Fenstern die Lichter angingen, irgendwo flog krachend ein Rollladen nach oben. Meine Mutter brauchte gar nichts zu sagen, ein Blick reichte aus. Mein Vater huschte im Schlafanzug hinaus in den Regen, verdarb sich seine neue Pantoffeln im matschigen Rosenbeet und entfernte die klappernde Maulwurfvertreibungsmaschine mit einem energischen Ruck. Er war geschlagen.

Ich weiß nicht, wie es mit dem seelischen Zustand meines Vaters weitergegangen wäre, wenn sich der brave Maulwurf nicht freiwillig zum Umzug entschieden hätte. Wenige Tage nach der nächtlichen Ruhestörung durch Vaters Maschine sahen wir einen eindeutigen Hügel auf dem Nachbargrundstück. Dann grub er sich in gerader Linie durch bis zu Frank und Brigitte, wo er sich häuslich einrichtete und große Haufen mitten in die Pfingstmarkt-Jahreszahl grub. Mein Vater wies Frank auf die schützenswerten Eigenschaften des possierlichen Pelztierchens hin und schenkte ihm eine seiner Strandwindmühlen. Dann ging er nach Hause, säte neuen englischen Rasen, bekam allerhand buntes Kraut und war zum ersten Mal richtig zufrieden damit.

Dünenweise Schnäppchenpreise

Eigentlich war es eine Bierlaune gewesen. Vielleicht auch eine Schnapsidee. Aber der Gedanke war da, schlug über Nacht Wurzeln und ließ sich nicht vertreiben. Natürlich war Andrea Schuld – wie fast immer, wenn die drei Damen aus der Stammtischrunde etwas ausheckten. Sie würde später behaupten, nichts dafür zu können – die Dummheit der Touristen sei der Auslöser gewesen. Und damit hatte sie natürlich Recht.

In Andreas kleinem Laden auf der Insel lagen Werbeflyer aus – neben ihren eigenen auch die befreundeter Unternehmer. Unter anderem auch die von Klaus, der Inselrundflüge anbot. Und das nicht nur um eine, sondern gleich um alle Ostfriesischen Inseln. So stand es zumindest auf seinem Flyer zu lesen:

„WIR FLIEGEN SIE UM BORKUM, JUIST, NORDERNEY, BALTRUM, LANGEOOG, SPIEKEROOG, WANGEROGE HERUM."

Immer mal wieder gab es Menschen, die über diese Aussage diskutierten. Sie sprachen über Lage und Größe der Inseln oder darüber, dass sie alle kannten – von „Borkum" bis „Baltrum", nur nicht „Herum". Von diesem Eiland hatten sie noch nie gehört. Andrea stellte den Irrtum dann in der Regel richtig, es gab Gelächter und die Sache war erledigt. Bis zu dem Tag, an dem sie zwei Rentnern erzählte, dass Herum eine neue Insel sei, die sich seit einigen Jahren aus der Nordsee erhob, frisch aufgespült und in Kürze bezugsfertig. Zwischen Borkum und Juist sollte sie entstehen, wie praktisch, dann konnte man mal einen kleinen Zwischenstopp einlegen, wenn man einen Inseltörn gebucht hatte. Die Rentner bedankten sich für die Auskunft, das Gerücht von Herum machte die Runde. Es ging herum, sozusagen.

Abends bei Bier und Wein wurde von Andrea, Ulla und Marie die Gutgläubigkeit der Menschen begackert. Nur kurz, so aufregend ist die Nachricht ja nicht. Schließlich weiß jeder, dass Touristen, nun ja, nicht immer intelligent sind. Stattdessen beklagten die Freundinnen wieder einmal, dass man mit ehrlicher Arbeit kein Geld verdienen konnte, also zumindest nicht in ausreichender Menge. Eine Idee musste her. Reiche Männer waren rar, singen konnten sie nicht und ansonsten auch nicht viel. Zumindest nichts, womit man reich werden konnte. Und schon gar nicht auf ehrliche Weise. Wer schließlich den Vorschlag machte, irgendwelchen simplen Geistern Grundstücke auf der Insel Herum anzudrehen, konnte nach diesem Abend nicht mehr nachvollzogen werden. Die Saat war gelegt, die Idee reifte.

Nur aus Spaß beschlossen die drei geschäftstüchtigen Frauen am nächsten Abend, eine Anzeige aufzusetzen. Nicht in einer großen Zeitung, das hätte ja etwas gekostet und das war der Jux nicht wert. Für so etwas war das Internet besser. Sie formulierten eine ganze Weile herum, immer wieder unterbrochen von anhaltendem Gekicher, neuen Ideen und Prosecco. Doch dann war es vollbracht und erschien als bundesweite Anzeige in den ebay-Kleinanzeigen:

„Glücklich werden auf Herum!
Sie suchen einen Ort, an dem Sie in Ruhe Ihren Lebensabend verbringen können? Oder eine sichere Kapitalanlage, die nicht nur Ihnen Freude macht? Dann könnte die Insel Herum das Richtige für Sie sein: Idyllisch zwischen Borkum und Juist gelegen, ist Herum noch gänzlich unverbaut und ideal für Menschen, die sich nach Ruhe und Natur sehnen. Entscheiden Sie sich zwischen bereits erschlossenen Grundstücken für den Haus- und Wohnungsbau, attraktiven Geschäftsgrundstücken (ebenfalls erschlossen) und noch völlig naturbelassenen Grundstücken für die landwirtschaftliche Nutzung (ideal für Pferdezucht oder – der ostfriesische Klassiker – den Anbau von Sanddorn).
Informieren Sie sich noch heute über Herum und die vielen Möglichkeiten, die sich Ihnen bieten. Informationsmaterialien sind anzufordern unter:
in-und-um-herum-herum@inselparadies.de"

Illustriert wurde die Anzeige durch einige Bilder aus Ullas privatem Fotoalbum: Die Borkumer Salzwiesen, der Strand von Juist und die Frisia IV machten sich äußerst gut auf der Seite. Und so war die Sache angestoßen und nahm ihren Lauf.

Schon früh am nächsten Morgen rief Marie bei Ulla an: „Du glaubst es nicht!"

„Hmpf…?" machte Ulla, die noch nicht ganz wach war.

„Du glaubst es nicht!" rief Marie etwas lauter in den Hörer.

„Was denn?", fragte Ulla pflichtbewusst und Marie rief triumphierend: „Achtzehn Anfragen!"

Ulla stand noch immer auf dem Schlauch. „Was für Anfragen denn?"

„Na, nach Infomaterial! Die Leute wollen alles über Herum wissen – die sind ganz heiß darauf, von uns betrogen zu werden! Du musst irgendwas machen! Einen Prospekt oder so…"

Ulla, die als selbstständige Werbedesignerin arbeitete, glaubte sich verhört zu haben. Achtzehn Anfragen nach Grundstücken auf Herum? Waren die Leute denn total bescheuert? Das konnte doch nicht sein!

„Du verarscht mich!"

Marie bestritt dies vehement: „Oh nein, meine Liebe, ganz und gar nicht. Im Moment ist übrigens die zwanzigste Anfrage hereingekommen – eine Familie Feldhus bittet dringend um Rückruf!"

Ulla schwirrte der Kopf. „Aber aus was soll ich denn einen Prospekt erstellen? Was soll ich da reinschreiben? Tolles Wasser und lecker Seetang? Außerdem wird sowas teuer – Druck und Porto und so."

„Keine Ahnung, denk dir was aus. Ich kann denen ja schreiben, dass sie uns einen Umschlag mit fünf Euro Rückporto zuschicken sollen."

„Du hast ja einen Knall!" Trotzdem machte Ulla sich gleich nach dem Telefonat ans Werk und bastelte einen hübschen Prospekt, der die Vorteile der Insel klar herausstellte:

- *Noch völlig unverbaut*
- *ein Ort, an dem man die eigenen Ideen verwirklichen kann*
- *Tideunabhängige Versorgung durch Schiffe der Reederei Frisia ab Oktober des nächsten Jahres*
- *Handverlesene Nachbarschaft*
- *Ausreichend Platz für Großprojekte, z. B. Golfplatz oder Klettergarten*
- *Reichlich freie Posten, z. B. Bürgermeister, Kirchenratsvorsitzender und Vogelwart*
- *Unberührte Natur – Seehundsbänke fußläufig erreichbar*
- *Einkaufsmöglichkeiten in Planung*
- *Flugplatz in Planung*

- Konsequente Baurichtlinien verhindern hässliche Küsten-linien wie auf Norderney. Stattdessen sind Penthouse-Bungalows und Terrassenhäuser geplant.

- Ein in die Insel hinein verlaufender Priel soll für Kuran-wendungen nutzbar gemacht werden: Wattbäder und Mee-resfango direkt vor der Haustür

All diese Punkte wurden von Ulla liebevoll betextet und mit irgendwelchen Bildern versehen. Sie arbeitete vielleicht nicht ganz so genau wie sonst, aber das machte nichts: Für einen bloßen Witz war das Ergeb-nis beeindruckend genug. Sie druckte es aus, um es am Abend den Freundinnen zu zeigen.

Andrea und Marie waren begeistert. Voller Eifer fügten sie noch einige weitere Ideen hinzu, angefan-gen von der neu zu errichtenden Waldorfschule bis hin zum jährlichen Wettbewerb im Sandburgenbauen, der ganz gewiss Besucher auf die Insel bringen wür-de. Ulla notierte die Ideen, um sie später einzufügen. Oh ja, das Informationsmaterial würde ganz gewiss den Erwartungen der Anlagewilligen entsprechen.

Auch Marie war nicht untätig gewesen: Sie hatte ein freundliches Standardschreiben entworfen, das sie allen 72 Personen, die mittlerweile um Informationen nachgefragt hatten, per Email zuschicken wollte. Es enthielt außer den üblichen Floskeln – „danke für Ihr Interesse, wir freuen uns sehr…" - die Bitte, fünf Euro in Briefmarken sowie einen beschrifteten Din C4-Umschlag an eine Postfachadresse in Münster zu schicken.

„Münster, wieso denn Münster?", fragte Andrea irritiert.

„Weil in Münster meine Cousine wohnt. Sie hat das Fach für uns eingerichtet und schickt uns die Anfragen zu. Oder willst du extra dafür nach Emden juckeln?"

Das wollte niemand und so galt Münster als beschlossen. Außerdem fand Ulla das so sicherer: Sonst fand am Ende noch jemand heraus, wer sich diesen Nonsens ausgedacht hatte. Nein, Münster war viel unauffälliger.

Der Abend verging, während die Frauen sich immer wieder die Gesichter der Leute vorstellten, die diese Unsinns-Broschüre erhielten. Was für ein Spaß!

Bereits eine Woche später ging die Sache in die nächste Phase über: Gemeinsam entwarfen die Freundinnen einen netten Brief – „Liebe Interessentin, lieber Interessent" - und tüteten diesen gemeinsam mit der wirklich schön gewordenen Broschüre in die 462 von den Kaufwilligen beschrifteten Briefumschläge ein. Bei genauerer Kalkulation blieben von den verlangten fünf Euro sogar noch jeweils 37 Cent Gewinn übrig, so dass zwar nicht die viele geistige Arbeit der Damen, aber zumindest doch die alkoholischen Getränke, die dafür benötigt worden waren, bezahlt waren. Die Post wurde fertig und Andrea ließ sich erschöpft auf das Sofa fallen.

„Hat eigentlich jemand mal unsere Anzeige rausgenommen?" fragte sie müde und die anderen sahen sie verblüfft an.

„Ähhh – nee, die läuft noch!"

In der Tat, die Anzeige lief noch und es hatten sich weitere 793 Interessenten gemeldet. Denen würde man noch antworten, dann wollten sie die E-Mail-Adresse löschen. Nur gut, dass Marie inzwischen gelernt hatte, wie man E-Mail-Verteiler erstellte. Neue Broschüren wurden gedruckt und eine weitere Eintüt-Arbeitsschicht vereinbart. Und natürlich nahmen sie die Anzeige aus dem Internet.

Leider stellte es sich in den nächsten Tagen heraus, dass die drei Frauen die Mundpropaganda unterschätzt hatten: Der Strom der Anfragen riss nicht ab, wieder und wieder schickte Maries Cousine Cordula Päckchen mit Kundenanfragen. Alle hatten sie fünf Euro beiliegend. Und da man niemanden betrügen wollte, wurden am Ende 5197 Informationsbroschüren versendet.

Zunehmend mischten sich jedoch die Kuverts mit den Anfragen mit denen, die ernsthafte Kaufanfragen enthielten.

„Das kann doch nicht sein", meinte Ulla kopfschüttelnd. „Die haben unseren Schund gelesen und wollen trotzdem noch Grundstücke kaufen? Informieren die sich denn gar nicht?"

Anscheinend nicht, denn ansonsten wäre es den „Kunden" wohl aufgefallen, dass die Insel Herum sonst nirgendwo erwähnt wurde und dass auch kein Amt und keine Behörde von der Bebauung einer neuen Sandbank in der Nordsee wusste.

„Gier macht blind!", verkündete Andrea philosophisch und Marie machte einen Vorschlag:

„Lasst uns Optionsscheine anbieten."

„Hä?", kam es von Ulla nicht eben intelligent zurück.

„Naja, Optionsscheine eben. Sowas wie Reservierungen. 50 Euro pro 100 Quadratmeter. Wer reserviert, bekommt sein Grundstück auf Herum für einen späteren Kaufpreis von 100 Euro pro Quadratmeter garantiert."

Andrea und Ulla brauchten eine Weile, um Maries Idee zu verstehen. „Aber das ist Betrug!", protestierte Andrea dann.

„Na und?", fragte Marie und auch Ulla war dafür.

„Aber dafür brauchen wir ein sicheres Konto. Wir können die Leute doch nicht auf unser Konto bei der Sparkasse einzahlen lassen!"

„Ne, natürlich nicht! Die sollen Bargeld schicken, an unser Postfach. Und dann versaufen wir das Geld! So viel wird es ja nicht werden – wer wird schon so blöde sein und Geld schicken?"

„Hmm…", überlegte Ulla, die der Sache allmählich viele gute Seiten abgewinnen konnte. „Meinst du nicht, dass deine Cousine Schwierigkeiten bekommt, wenn sich jemand beschwert? Immerhin hat sie das Postfach gemietet."

Auch Andrea guckte besorgt, aber Marie konnte sie beruhigen: „Ich habe ihr zum Anmieten des Postfachs einen Ausweis geschickt, der mal bei uns im Schwimmbad liegen geblieben ist. Ich hatte damals gleich gedacht, dass man den vielleicht noch mal brauchen kann. Das Fach läuft auf eine Dame aus Remagen – Carola Fischer heißt sie."

Die Freundinnen waren beeindruckt. Marie schien tatsächlich über erhebliche kriminelle Energie zu verfügen – toll! Aber sie hatte sicher auch recht mit der Annahme, dass kaum jemand tatsächlich Geld schicken würde. Aber was, wenn doch?

„Wisst ihr was, Mädels? Wenn wir mehr als 1000 Euro zusammenkriegen, fahren wir davon alle zusammen im Herbst nach Malle! Deine Cousine nehmen wir mit, Mariele – schließlich ist sie mit von der Partie!" Auch dieser Vorschlag von Andrea wurde beschlossen und begossen.

Der Verkauf der Optionsscheine nahm Formen an. Die Interessenten wurden nochmal angeschrieben – das konnte man von dem Geld bezahlen, das aus den 37-Cent-Resten zusammengekommen war – und Karten von Herum wurden erstellt: Schließlich wollte man jedem, der kaufte, mit Textmarker einzeichnen, wo er seinen Grund und Boden erworben hatte. Jeder sollte ein Stück Küste nebst Sandstrand sein Eigen nennen können, der Rest der Kaufsumme sollte Ende des Folgejahres fällig werden.

„Fertig!", verkündete Ulla stolz und zeigte einige Karten mit Einzeichnungen. „Wenn wir mehr verkaufen sollten, müssen wir die gleichen Grundstücke nochmals bunt anmalen!"

Kichernd besahen die anderen die Karten. Sie ahnten nicht, dass sie noch ziemlich viele davon würden drucken und bemalen müssen.

Nachtrag:

Kurze Zeit später verschwand die Insel Herum genauso leise wieder im Meer, wie sie erschienen war. Die drei Stammtischdamen und die ferne Cousine Cordula hatten allerhand Arbeit und Lauferei mit ihrer Geschäftsidee, die sich jedoch für jede von ihnen lohnte: Denn neben dem geplanten gemeinsamen Urlaub auf Mallorca sprangen für alle noch ein paar hübsche Extras heraus: Cordula, die ein faires Viertel der Einnahmen aus dem Grundstücksverkauf erhielt, reduzierte ihre Arbeitszeit als Buchhändlerin, um endlich einige der so spannenden wie brotlosen Orchideenfächer studieren zu können. Andrea kaufte den Laden, den sie früher nur gemietet hatte. Marie verließ die Insel und den Stammtisch, um einen Urlaub auf Malta zu machen. Sie kehrte nicht zurück, schrieb aber häufig und schickte Fotos ihrer Zwillinge. Und Ulla erfüllte sich gleich mehrere Träume: Sie kaufte Hunde, Schafe und Pferde.

Zu erwähnen bleibt, dass keiner der 1329 geprellten Anleger jemals Anzeige wegen Betruges erstattete – nicht einmal jener, der gleich 20.000 Quadratmeter für sich reserviert hatte. Wahrscheinlich war es ihnen einfach zu peinlich, oder sie wollten die Steuerfahndung nicht auf sich aufmerksam machen.

Ein umsichtiger Mann

An diesem Nachmittag werde ich immer wieder gestört. Zuerst durch das Telefon: Jemand behauptet, er würde mich in drei Tagen aus der Zukunft anrufen und möchte sich dann unten im Garten mit mir treffen. Zumindest verstehe ich das durch das Rauschen in der Leitung und den Lärm im Hintergrund. Irgendwann bricht die Verbindung ab.

Kopfschüttelnd lege ich das Telefon weg und gehe wieder ins Bad, um mir endlich die Haare zu föhnen. Doch dann hämmert jemand an meine Tür. Was für ein Getöse. Ich hatte mir das Wohnen hier im Dachgeschoss deutlich ruhiger vorgestellt. Sogar die Polizei ist unterwegs, ich höre Sirenen. Und wieder dieses Klopfen. Ich beschließe, mich einfach nicht zu rühren. Was interessieren mich die Streitigkeiten der Nachbarn?

Dann aber höre ich die tiefe Stimme unseres Hausmeisters: „Frau Schreiber, Frau Schreiber, nun machen Sie doch auf!"

Etwas genervt öffne ich die Tür: „Was gibt es denn?"

Der große, kräftige Mann springt auf mich zu, greift meine Hand, zieht mich aus der Tür. „So kommen Sie doch, schnell! Das Haus brennt!"

Entsetzt stolpere ich hinter ihm her, im Bademantel und mit Hausschlappen. Im Herauslaufen greife mir noch meine Handtasche mit dem Geldbeutel und meinem Ausweis darin.

„Waren Sie das eben am Telefon? Ich habe nicht richtig verstanden…"

„Nein, das war der Elektriker. Der Unglücksvogel! Er sollte erst in drei Tagen kommen und die Leitungen im Keller neu machen. Bis dahin sollte da unten ausgeräumt sein. Nun war er heute schon da, hat einen Kurzschluss ausgelöst und der ganze Sperrmüll, den irgendwer da unten aufgehäuft hat, ist in Brand geraten. Kommen Sie doch, schneller, wir sind die Letzten!"

Wir hetzen die Treppe herunter und ich verfluche meine weichen Hotelpantoffeln, die gefährlich rutschig sind. Je weiter wir nach unten kommen, desto schlechter wird die Luft. Rauch zieht aus dem Keller herauf, strömt uns entgegen. Physikunterricht, sechste Klasse: Heiße Luft steigt nach oben. Ich muss husten. Auch der Hausmeister bleibt stehen, ringt nach Luft. Sein Bart zittert. Ich reiße eines der kleinen Fenster im Treppenhaus auf, strecke mich, atme tief ein. Unten sehe ich meine Nachbarn. Sie stehen eng beieinander, schnattern aufgeregt. Der Hausmeister drängt sich atemlos neben mich, nimmt einen tiefen Zug Luft.

Jemand wird unten auf uns aufmerksam, zeigt nach oben. Eine Frau schreit. Ich höre laute Geräusche von unten. Das klingt nicht gut. Sirenen ertönen. Mein Herz pumpt, ich atme hastig. Und ich habe Angst.

Die Menge unten bewegt sich, weicht zurück, dirigiert von einem energisch aussehenden Mann mit Helm. Männer schleppen etwas Rundes heran. Ein Sprungtuch, denke ich. Lieber will ich ersticken.

„Ein Sprungkissen", sagt der Hausmeister hinter mir. „Los, Sie als erstes."

„Sie sind ja verrückt! Wir sind im dritten Stock!" Ein Blick sagt mir außerdem, dass ich mit meiner Rubensfigur nicht durch dieses Fenster passe.

Er antwortet nicht. Stattdessen packt einer seiner Pranken mich am Hintern und hievt mich hoch. Automatisch helfe ich mit und ziehe mich am Fensterbrett hoch, fädle meine Beine hinaus. Mit etwas Geruckel passe ich durch die kleine Öffnung, sogar mit Handtasche. Nie im Leben springe ich da runter.

Ein kräftiger Stoß bringt mich zum Fliegen. Die Hälfte meines Bademantels bleibt am Fenstersims hängen, aber die Pantoffeln halten mir die Treue. Elegant wie ein Nilpferd lande ich auf dem Kissen, das empört aufseufzt. Auch die Handtasche schlägt neben mir ein. Helfende Hände recken sich mir entgegen, ziehen mich von dem Kissen, auf dem wenige Sekunden später der Hausmeister landet. In seinen großen Händen hält er den Rest meines Bademantels. Ein umsichtiger Mann.

Der Lumpensammler und die Tänzerin

Berlitz hatte sie schon oft gesehen: Eilig, mit blicklosen Augen war sie an ihm vorbeigehastet, das Gesicht bleich, die Lippen zusammengepresst. „Keine Zeit", sagte dieses Gesicht, „sprich mich nicht an, ich habe keine Zeit." Viele liefen so herum. Wieso gerade sie ihm aufgefallen war, konnte Berlitz nicht so genau sagen. Sie hatte nichts Besonderes an sich, war vielleicht sogar etwas farblos. Auch entsprach sie nicht im entferntesten dem Typ Frau, den Berlitz in Zeiten, in denen er sich noch nach Frauen umgedreht hatte, bevorzugt hatte. Er mochte üppige Frauen mit kräftigen Rundungen, die laut und herzlich waren und lachten wie ein wieherndes Pferd. Seine Anna war so eine Frau gewesen, eine mit Mutterbrust und einer Stimme wie ein Nebelhorn. Aber Anna war nicht mehr, die Zeit mit ihr war ein anderes Leben gewesen. Nach ihrem Tod hatte auch Berlitz körperlich abgebaut, kein Wunder, schließlich war er deutlich über siebzig. Eigentlich sogar über achtzig, aber das sagte er nie, denn das klang so alt. Seit er nicht mehr richtig laufen konnte, verbrachte er seine Zeit in der Stadt, oft im Eingang zum Kaufhof. Im warmen Luftstrom stand er trocken und sicher, immer gut bewacht von einem Sicherheitsmann, der es zunächst gar nicht hatte glauben können, dass der Mann mit Rollstuhl und Kaschmirmantel nicht dort stand, um zu betteln, sondern um zu gucken: Er wollte sehen, wie das Leben vorbeilief, wollte mit dem einen oder anderen ein Schwätzchen halten und nicht alleine in seiner Wohnung sein. Bei gutem Wetter saß er am Stadtbrunnen und sah den Kindern beim Planschen zu, an kühleren Tagen aber wurde sein bevorzugter Platz der Kaufhof.

Berlitz hatte noch immer einen guten Blick und ein ausgezeichnetes Gedächtnis. Er hatte gemerkt, dass die unscheinbare Frau schon seit einigen Tagen nicht mehr vorbeigehastet war. Ob sie Urlaub hatte oder gar krank war? Er dachte jeden Abend ganz kurz an sie, gerade lange genug, um sie nicht ganz zu vergessen. Und dann, eines Abends, sah er sie. Zunächst glaubte er an eine Verwechslung, denn das, was dort die Fußgängerzone herunter gesprungen kam, konnte unmöglich die gehetzte Frau sein. Sie tanzte und hüpfte, das Gesicht vom Lachen ganz hell. Und das, obwohl es regnete wie aus Kübeln. Bei einem solchen Wetter hatte Berlitz schon ganz andere Leute mit schlechter Laune gesehen. Er lächelte, nickte ihr zu und rief sie an.

„Hallo, meine Liebe! Das ist ja eine Freude, Sie so zu sehen! Geht es Ihnen gut?"

Sie trat zu ihm unter das Vordach des Kaufhofs, nahm die nasse Kapuze ab und schüttelte den Kopf. „Nein, nicht wirklich. Aber ich versuche alles und ich lerne."

„Sie lernen? Das ist immer gut. Was lernen Sie denn?"

„Ich lerne das Glücklichsein. Mein Therapeut sagt, man kann das üben. Lächle die Welt an und sie lächelt zurück. Durch die Stadt tanzen soll ich und dabei lachen. Und mit den Leuten reden – so wie jetzt mit Ihnen."

Berlitz schmunzelte. „So, dann bin ich also ein Teil Ihrer Hausaufgabe. Ich fühle mich geehrt. Leider muss ich Ihnen sagen, dass ich eine einfache Aufgabe war – das gibt höchstens einen Punkt. Denn ich rede viel, gerne und fast mit jedem."

Sie zuckte mit den Schultern. „Nun, ein Punkt ist besser als keiner. Gestern bin ich leer ausgegangen. Aber jemand, der bei diesem Mistwetter durch die Stadt tanzt, fällt natürlich auf, da fragen sich die Leute, ob man vielleicht einen Sprung in der Schüssel hat."

Berlitz nickte verständnisvoll. „Und, haben Sie?" Sein Blick war trotz seiner leicht trüben Augen unverhohlen neugierig.

„Mein Therapeut sagt, nein. Er meint, ich sei erschöpft und hätte eine leichte Neigung zur Depression, aber ohne krankhafte Ausprägung. Außerdem sei ich zu ernst und zu schüchtern und finde deshalb keinen Anschluss in dieser beschissenen Stadt."

„Warum gehen Sie nicht zurück nach Hause?"

„Weil ich da auch keinen Anschluss hatte", kam es wie aus der Pistole geschossen zurück. „Meine Eltern sind gestorben, als ich Anfang zwanzig war. Meine Schwester kriegt ein Kind nach dem anderen und mein Bruder lebt in Kanada. Und mein Freund hat sich eine Jüngere gesucht – weil eine Freundin von 30 Jahren ja auch wirklich uralt ist."

Berlitz lachte. „Ja, da haben Sie Glück gehabt. Also damit, dass Sie den Kerl so früh losgeworden sind. Stellen Sie sich vor, das wäre 15 Jahre später passiert."

Sie runzelte die Stirn. „So habe ich das noch nie gesehen. Das muss ich mir aufschreiben. Mein Therapeut sagt immer, man kann die Dinge von mehreren Seiten sehen und aus allem was Gutes ziehen."

„Da hat er wohl Recht", meinte Berlitz und dachte an Anna. Sie war gegangen, aber erst, nachdem sie über 50 Jahre bei ihm geblieben war.

„Was ist denn mit Ihnen?", fragte sie und sah den alten Mann im Rollstuhl fragend an. Der sah wohlhabend aus, nicht so, als hätte er eine feuchte Bude. „Warum stehen Sie hier immer?"

Er lächelte und zuckte die Achseln. „Ich stehe hier, um Gesellschaft zu haben. Ich rede gerne mit den Leuten, erzähle Ihnen aus meinem Leben, etwas über die Welt. Zuhause bin ich allein. Dafür bin ich nicht gemacht."

„Warum gehen Sie nicht in ein Heim?" Kaum hatte sie die Frage gestellt, biss sie sich auf die Lippe. „Entschuldigung, ich wollte nicht indiskret sein."

„Aber nicht doch, meine Liebe. Wer etwas über die Welt erfahren möchte, muss sich ihr nähern. Und es ist ganz einfach: In einem Heim gibt es nicht genug Platz für all das, was mir wichtig ist. Da bleibe ich lieber in meiner Wohnung, bezahle einen Pflegedienst und eine Haushaltshilfe und verbringe meine Tage hier mit Ahmed und Dieter vor dem Kaufhof."

„Ahmed und Dieter?"

Er deutete auf den uniformierten Wachmann, der ganz in ihrer Nähe stand. „Die vom Wachdienst. Heute ist Dieter dran. Er hat Spätschicht. Nach Feierabend fährt er heim zu seiner Frau und den zwei Kindern. Morgen früh kommt Ahmed. Er wohnt noch Zuhause, obwohl er schon über dreißig ist – Tradition, wissen Sie?"

Sie nickte, obwohl sie nicht so aussah, als ob sie viel von Traditionen hielt. Dann sah sie mit einem leichten Bedauern in Richtung Straße.

„Es hat aufgehört zu regnen. Ich denke, ich sollte nach Hause rennen – vielleicht schaffe ich es trockenen Fußes. Und Sie, bleiben Sie hier?"

„Ach, ich habe es nicht weit. Ich wohne keine fünf Minuten von hier. Aber ich gehe mit Ihnen bis zur Kreuzung."

Berlitz startete seinen elektrischen Rollstuhl und rollte neben der jungen Frau her. Sie hatten die Kreuzung noch nicht erreicht, als ein Blitz den Himmel zu teilen schien und sie es gleich darauf donnern hörten.

„Donnerwetter, Mädchen, die Welt geht unter. Kommen Sie, wir rennen zu mir!" Er beschleunigte und tatsächlich rannte die Frau neben ihm her. Nach wenigen Augenblicken hatten sie einen modernisierten Altbau erreicht. Berlitz betätigte einen Türöffner, die Tür schnappte auf und sie folgte ihm hinein.

„Falle ich Ihnen auch nicht zur Last?", wollte sie wissen, und er schüttelte den Kopf.

„Nee. Ich habe gerne mal Besuch, und solange Sie nicht bei mir einziehen wollen, sind Sie mir willkommen."

Sie musste lachen - schon zum zweiten Mal an diesem Tag. „Nein, keine Sorge, einziehen will ich nicht bei Ihnen. Ich habe eine gemütliche Einzimmerwohnung mit Blick auf die Autobahn. Was will man mehr?"

„Ja, ein Autobahnblick ist nicht zu verachten", bestätigte Berlitz ernst. „Da sieht man zumindest, dass die Dinge vorangehen."

Sie hatten seine Wohnung erreicht, und er öffnete die Tür. „Herzlich willkommen im Paradies des Lumpensammlers." Er ließ sie vorbei, machte Licht und hörte, wie sie aufgeregt die Luft einsog.

„Aber … was ist das denn?", fragte sie und sah sich fasziniert im geräumigen Flur um. Vom Boden bis zur Decke sah sie Bücherregale, die bis in die letzte Ecke gefüllt waren. Sie sah Bücher verschiedensten Alters, Antiquarisches neben Modernem, und dazwischen die sonderbarsten Dinge: Kunstgegenstände, Schnitzereien, einige afrikanische Masken.

„Tscha", sagte er und lächelte ein bisschen, „das ist einer der Gründe, warum ich nicht ins Heim gehe. Die anderen Gründe verstecken sich in den anderen sechs Zimmern."

Ihre Neugier war geweckt. Begleitet von ihrem sonderbaren Gastgeber bewegte sie sich vorsichtig, fast andächtig, von Zimmer zu Zimmer. Überall gab es Bücher, Skulpturen, Interessantes und Sonderbares. Einiges nahm sie in die Hand, vorsichtig zunächst, dann immer mutiger. Und er erzählte ihr die Geschichten dazu: Wie er mit seiner Frau gereist war, wie sie gesammelt hatten, und wie viel Freude beide an den ganzen Dingen gehabt hatten. Die Stunden vergingen, und natürlich hatte sie erst einen Bruchteil all dieser Schätze gesehen, die sie so interessierten –

fast so sehr, wie der alte Mann an ihrer Seite sie faszinierte.

„Ich muss gehen", sagte sie irgendwann und klang traurig dabei. Berlitz sah auf die Uhr.

„Oh ja, es ist nach zwölf. Ich rufe Ihnen ein Taxi, Sie dürfen jetzt nicht laufen." Sie konnte sich kein Taxi leisten, sagte aber nichts – zu klar war, dass er es bezahlen würde und keinen Widerspruch dulden würde.

„Darf ich einmal wiederkommen?", traute sie sich zu fragen und er nickte.

„Aber natürlich, meine Liebe. Wir wissen doch noch fast gar nichts voneinander. Aber ich habe auch eine kleine Bitte."

„Was denn?", fragte sie ein wenig eingeschüchtert.

„Tanzen Sie noch einmal für mich. Sie haben so hübsch ausgesehen heute Nachmittag, wie Sie so die Stadt hinunter getanzt sind. Und wir haben früher so gerne getanzt, meine Anna und ich. Nun ist Anna in der nächsten Welt und auch ich tanze nicht mehr. Das heißt aber nicht, dass ich mich nicht daran erfreuen kann, wenn andere es tun."

Sie war bei seinen ersten Worten bereits rot geworden. In der Tat tanzte sie eigentlich gerne, aber nur heimlich, wenn es keiner sah. Doch diesen schönen Abend würde sie mit ein paar kleinen Takten beschließen, wenn es den alten Mann froh machte.

Fasziniert sah sie, wie er zu einem Schrank rollte und eine Geige herausholte.

„Zwar bin ich kein Teufelsgeiger, aber für den Hausgebrauch reicht es", meinte er und stimmte eine lustige kleine Weise an. Und sie tanzte, verhalten zunächst, dann aber zunehmend entspannt. Und sie lachte – schon wieder.

„Ich danke Ihnen", sagte er und gab ihr zum Abschied die Hand. „Verraten Sie dem alten Herrn Berlitz noch Ihren Namen?"

„Ich heiße Kristina", sagte sie nur und wunderte sich, dass sie nicht schon vorher darauf gekommen waren, sich einander vorzustellen.

„Kristina, was für ein schöner Name. Besuchen Sie mich bald wieder, meine Liebe, und tanzen Sie für mich. Wir haben uns noch so viel zu erzählen."

Sie verließ das Haus, als der Taxifahrer klingelte. Dieses Mal nahm sie nicht den Lift, sondern tanzte die vier Treppen nach unten. Sie freute sich auf den nächsten Besuch bei dem alten Mann. Noch nie hatte sie so einen fesselnden Erzähler erlebt, noch nie so viele interessante Dinge an einem Ort gesehen. Und noch nie zuvor war ihre Fantasie derartig angeregt worden: Was es alles gab, was man alles tun konnte, und was man alles aus Büchern herauslesen konnte! Die Wohnung des alten Mannes, das Paradies des Lumpensammlers, wie er es nannte, war eine bunte, faszinierende Welt, die es zu erkunden galt. Und er selber, der Lumpensammler mit dem Stammplatz vor dem Kaufhof, war die interessanteste Person, die sie jemals kennengelernt hatte.

Berlitz sah ihr aus dem Fenster nach. Sie hatten keine Kinder haben können, Anna und er, und diese junge Frau hätte auch schon eher eine Enkelin als eine Tochter für ihn sein können. Kein Anschluss gefunden und das Glücklichsein lernen wollen, das klang alles ein bisschen verrückt für ihn. Vielleicht war sie verrückt. Aber wer war das nicht? Für Anschluss würde er schon sorgen, und wenn er sie mit Ahmed vom Sicherheitsdienst verkuppeln würde. Der kam nämlich auch manchmal zu ihm, um in seinen Büchern zu lesen. Wer weiß, vielleicht passten die beiden ja zusammen? Und wenn nicht, würde sich schon etwas Anderes ergeben. Da war sich der Lumpensammler ganz sicher – denn irgendetwas ergab sich immer.

Der fallende Stern

Hacki, im wahren Leben Roland Hackler, war besorgt. Draußen hörte er das Publikum. Langsam kamen sie in den Saal, Männer und Frauen, die meisten von ihnen um die fünfzig, mit wachen, intelligenten Augen hinter Gleitsichtbrillen. Hacki hörte das erwartungsvolle Summen der vielen Stimmen, der Saal war schon recht gut gefüllt. Nicht ausverkauft, aber das konnte man an einem Mittwoch kurz vor Weihnachten auch kaum erwarten.

„Und, Hacki, wie sieht's aus, sind wir voll?", hörte er Dietmars Stimme. Wie immer optimistisch, wie immer vor einem Auftritt leicht angespannt.

Hacki rang sich ein Lächeln ab. „Voller als gestern, nicht ganz so voll wie am Freitag."

Dietmar nickte. Er war zufrieden: Mit der Menge der Zuschauer und damit, überhaupt auf Tour zu sein. Mit Hacki, seinem Freund und Kollegen, der hier den zweiten Mann gab und das Kabarettprogramm mit kleinen musikalischen Einlagen auflockerte.

„Fünf Minuten noch", murmelte Hacki und trat ein Stück von der Lücke im Vorhang zurück. Hoffentlich würde es heute gut gehen. Hoffentlich konnte

Dietmar dieses Mal seinen Text, verlor nicht den Faden und blieb orientiert. Und hoffentlich fand er heute seine Brille, wenn er sie brauchte, um einen Blick auf seine zahlreichen Spickzettel zu werfen. Und hoffentlich, hoffentlich, so betete Hacki, hatte sich das Desaster von gestern in Bremen noch nicht bis hierhin herumgesprochen. Er schloss die Augen und verkrampfte sich bei der Erinnerung an den Vorabend.

Eigentlich war alles in Ordnung gewesen, genauso wie heute. Ein freundliches, aufgeschlossenes Publikum, das sich freute, den großen Star der Kabarettbühnen und Gastgeber unzähliger Satiresendungen wieder einmal live zu sehen. „Genesen von langer Krankheit", so hatte es vor der Premiere geheißen, und genauso schien Dietmar sich zu fühlen: Genesen. Hacki war da verhaltener: Konnte man von so einem gewaltigen Schlaganfall wirklich ganz genesen? Viele Leute glaubten an das Wunder, und auch nach der Premiere am Freitag waren die Kritiken noch liebevoll und gar nicht mal so schlecht gewesen. „Noch nicht ganz der Alte", schrieb der Kurier, und ein anderes Blatt titelte: „Dietmar Schneider auf gutem Weg". Nun, dieser Weg kam ihm von Vorstellung zu Vorstellung mehr abhanden. Der spielfreie Tag am Montag hatte nicht geholfen und gestern … Oh mein Gott, gestern! Hacki schüttelte sich.

Er war wie immer als Erster auf die Bühne gekommen und hatte ein Intro gespielt. Dietmar brauchte die Musik, sonst schaffte er sein 90-Minuten-Programm nicht. Es strengte ihn alles so an: Das laute, deutliche Sprechen, das Sitzen auf dem unbequemen Hocker und die Wärme der Scheinwerfer. Hacki hatte also ein Intro gespielt und dann gleich noch eins, weil Dietmars Erscheinen auf der Bühne sich verzögert hatte. Das Publikum hatte nichts gemerkt, zu gut war Hackis Klavierspiel, als dass sich jemand darüber beschweren würde. Und als Dietmar die Bühne betrat, lächelnd, den gelähmten linken Arm in einem weiten Ärmel verborgen und fast so wie früher aussehend, da hatte man ihn mit einem kräftigen Applaus empfangen. „Warm welcome", so nannte man das wohl.

Dietmar hatte mit seinem „Impro-Teil" begonnen, in dem er sich auf die Örtlichkeiten bezog und die lokalen Eigenarten ein wenig auf die Schippe nahm. Sowas kam immer gut an, sowas mochten die Leute, und dass Dietmar statt von Bremen immer wieder von Bottrop sprach, nahmen sie ihm nicht übel. Das gehörte bestimmt zum Programm, schienen sie zu denken, das würde gewiss der Running Gag des Abends werden. Bottrop statt Bremen, das war ja auch wirklich lustig. Sie waren höflich, lachten und applaudierten bei jeder Pointe, die nur einigermaßen zog, und blieben erwartungsvoll.

Freundlich blieben die Zuschauer auch noch, als das erste Video eingespielt wurde, das Dietmar zu Hause zeigte – ein Video, wie man sie zu Hunderttausenden auf YouTube findet. Skurrile Alltagsszenen sollten das sein, etwas, das jeder kennt. 90 Minuten waren zu füllen, das ist eine Ewigkeit für jemanden, der nur noch ein halbes Gehirn hat. Hacki hatte gleich im Anschluss an das Video einen Tusch geklimpert, so etwas wie einen Narrhallamarsch – „seht ihr, das war lustig!", sollte das bedeuten. Und das Publikum, verwirrt, aber dem Künstler gewogen, lachte verlegen und klatschte erleichtert.

Dietmar war weiter durch sein Programm gestolpert. Nun sollte eine kleine Lesung folgen, aus dem brandneuen Buch, das er geschrieben hatte und das es zu vermarkten galt. Eine todsichere Sache eigentlich, wenn Dietmar nur die richtige Seite gefunden hätte. Stattdessen las er kurz entschlossen eine andere Stelle, die zwar überhaupt nicht ins Programm passte, sich aber gut lesen ließ. Und Hacki, der diesen Teil eigentlich mit dem melancholischen Stück „Es gibt kein Bier auf Hawai" hätte ausleiten sollen, improvisierte und spielte eine Jazzversion von „Hoch auf dem gelben Wagen". Das passte zwar auch nicht so recht, hatte aber Schwung. Die anschließende Videoeinspielung nutzte er, um Dietmar das heruntergefallene Mikrofon wieder am Hemd zu befestigen. Das brachte diesen derartig aus dem Konzept, dass er einen uralten Witz erzählte, sich dabei verzettelte und die Pointe versaute. Als Hacki einen vorsichtigen Blick ins Publikum riskiert hatte, hatte er in vielen Gesichtern Unglauben und Zweifel gesehen, und außerdem das, was für einen Künstler wohl das Allerschlimmste ist: Mitleid.

Hacki erinnerte sich an seine eigenen Gefühle, als er von dieser geplanten Tour erfahren hatte: Drei Jahre nach seinem schweren Schlaganfall hatte Dietmar alle schwebenden Verträge gekündigt und das endgültige Aus seiner Sendung verkündet. Aus gesundheitlichen Gründen, hatte es geheißen, natürlich, dafür hatte doch jeder Verständnis. Dann hatte er sich in sein Haus an der Ostsee zurückgezogen und ein Buch geschrieben. Dieses Buch, das nun beworben werden musste – „promotet", wie das heute hieß. Und irgendwann war er auf die Idee mit diesem Solo-Programm gekommen.

„Wird dir das nicht zu anstrengend?", hatten viele Leute gefragt, darunter auch Hacki.

Dietmar hatte gelacht. „Ich bin wieder da!", hatte er gesagt.

Und tatsächlich war Dietmar wieder da, zumindest auf dem Papier: Das Buch war gut, da waren sich die Kritiker einig, und auch die schriftlich abgegebenen Interviews waren überzeugend. Und so hatte

Dietmar sich durchgesetzt, seine Agentin hatte die Tour vereinbart. 24 Abende in 24 Städten: Hamburg, Berlin, Bremen – eigentlich überall außer in Bottrop. Und Hacki hatte zugesagt, den alten Freund zu begleiten, wider besseren Wissens. Begleitung am Piano und im Leben, um der alten Zeiten willen. „Sie sind doch ein erfahrener Mann, Herr Hackler, Sie helfen ihm da durch!", hatte die Agentin gemeint.

24 Abende, das war doch gar nicht so viel. Vier Abende hatten sie bereits überstanden, mehr schlecht als recht, 20 mussten sie noch. 20 Abende, an denen Hacki die Feuerwehr spielen und versuchen würde, den Freund vor dem Untergang zu bewahren. Drei Mal war ihm das bereits gelungen, gestern aber, am schwarzen Dienstag, war Dietmar mit seinem Kabarettprogramm untergegangen wie eine bleierne Ente. Die Zuschauer, gebildet und kultiviert, waren höflich geblieben, hatten gelächelt und schüchtern geklatscht, doch mehr als ein Drittel von ihnen hatte in der Pause das Theater verlassen. Die leeren Plätze hatten Hacki wehgetan, der mitleidige Unterton im verschämten Beifall nach jeder Nummer ebenfalls. Drei Mal noch hatte Dietmar sein Mikrofon verloren, ohne es zu bemerken. Zwei Mal hatte er seine Brille nicht finden können und zu guter Letzt sein Wasserglas umgestoßen. Nur die Tatsache, dass das Theaterpersonal es

versäumt hatte, das Glas in der Pause aufzufüllen, hatte sie vor einer größeren Schweinerei bewahrt.

Dietmar war durch die zweite Programmhälfte geirrt, immer auf der Suche nach Orientierung und dem Text. Hacki hatte geklimpert, was das Zeug hielt, an ihm lag es nicht, dass sich allmählich Trauer in den Gesichtern der Zuschauer breitmachte: Trauer um den, der doch einmal ein ganz Großer gewesen war und der sich an diesem Abend auf der Bühne selbst demontierte. Ein Gigant der Satire, dessen Wortwitz dereinst so treffsicher wie ein Präzisionsgewehr gewesen war und der nun sich selbst und seine Fans mit alten Witzen und Homevideos quälte.

„Warum tut er sich das an", stand in den Gesichtern, die blass die Bühne hinaufblickten. „Warum tut er uns das an?", fragte Hacki sich an diesem Abend immer wieder. Dieser verfluchte Dienstagabend – würde es je wieder einen Dienstag geben, an dem er nicht an dieses Waterloo würde denken müssen?

Wenn sie wenigstens gepfiffen hätten, diese Leute vom Dienstags-Publikum. Aber sie blieben respektvoll, klatschten erleichtert und ganz leise, als Dietmar verkündete, dass er nun fertig sei und dass es als Zugabe, nach der niemand verlangt hatte, nun noch einen Film geben würde. Sie wirkten wehmütig und sahen sich brav den Film an, während Dietmar von der Bühne humpelte und sich im Foyer an den Tisch setzte, um Autogramme zu geben. Auch beim Hinausgehen blieben die Menschen höflich, sparten sich jeden abfälligen Kommentar. Der eine oder andere sagte sogar ein freundliches Wort oder ließ sich ein Buch signieren. Dort im Foyer hatte Dietmar die besten Momente des Abends gehabt.

So war es gewesen, am Dienstag in Bremen. Heute war Mittwoch und sie waren in Hamburg. Neues Spiel, neues Glück – the Show must go on. Aber nur noch heute, das wusste Hacki mit einem Male sicher. Morgen würde er dem ein Ende setzen, dieses Drama beenden, auch wenn ihn das seine Gage und somit die Miete für die nächsten Monate kosten würde. „Aus gesundheitlichen Gründen" würde diese Agentin den Rest der Tour absagen, und wenn er es ihr einprügeln musste.

„Und, Hacki, was ist, gehen wir raus?"

„Wir gehen raus, Dietmar. Hals- und Beinbruch! Und denk daran, alter Junge, wir sind in Hamburg, nicht in Hannover!"

Sie lachten und Hacki klopfte dem alten Freund aufmunternd auf die Schulter. Dann ging er hinaus, setzte sich ans Piano und begann mit dem Intro.

Herbert

Er wusste, wo er heute hinmusste: Der Rewe an der Goethestraße war dran. Dementsprechend hatte er seine Route geplant, als er morgens aufbrach: Er hatte die alten, bequemen Schuhe angezogen, die Tasche mit den beiden Flaschen vom Vorabend vom Haken genommen, noch zwei große stabile Tüten eingepackt und war losgegangen. Zuerst zum Sportplatz. Wenn dort abends ein Spiel gewesen war, waren die Chancen gut, dass es auch Flaschen gab. In der Tat fand er acht, eine gute Ausbeute, auch wenn zwei dieser billigen Bierflaschen dabei waren, 8 Cent das Stück, es lohnte kaum, sie zu tragen. Aber Herbert wusste, dass vielleicht der Tag kommen würde, an dem ihm genau diese 16 Cent fehlen würden, wenn er diese Flaschen nun liegen ließ – also wanderten sie in die Tasche. Und Herbert wanderte weiter: Vorbei an der Haltestelle des Schulbusses. Viele Kinder warfen ihre Flaschen dort achtlos fort oder steckten sie in die Hecke. Das wäre ihm früher nicht passiert. Er hätte sie abgegeben und das Geld in Süßigkeiten angelegt. Oder gespart. Für ein neues Fahrrad. Oder neue Fußballschuhe. Aber bares Geld einfach wegwerfen – nein, das gab es nicht. Die Ohren hätte die Mutter ihm langgezogen!

Wieder drei gefunden! Das lief ja gut heute. Noch keine halbe Stunde unterwegs und schon 2,91 in der Tasche, mit den beiden von gestern. Herbert ging an der Schule vorbei, bog ab zur Kirche. Hier saßen sie oft am Abend, die Hinterteile auf der Rückenlehne der Bank, und tranken Bier oder Cola. Warum sie wohl so saßen? Seit Jahrzehnten taten sie das, die Jugendlichen, die sich an der Kirche trafen. Bequem konnte das nicht sein. Aber vielleicht cool. Herbert hatte es nie versucht, daher kannte er das Gefühl nicht, dass sich einstellte, wenn man so saß. Irgendwann würde er das einmal probieren. Aber nicht heute. Heute hatte er zu tun.

Die drei Flaschen aus der Mülltonne waren schmutzig von Zigarettenasche. Bier mit Brause hatten sie getrunken, und einer auch Bier mit Cola. Pfui Teufel! Schmutzige Hände für 24 Cent: Aber wer den Pfennig nicht ehrt, ist des Talers nicht wert. Das hatte seine Mutter ihm früher schon eingetrichtert und er hatte das seinen Kindern so weitergegeben. Mit Erfolg, sie waren zwei strebsame, sparsame junge Leute geworden. Herbert musste lächeln, als er das dachte: junge Leute. Immerhin war Bodo inzwischen 45 und Claudia 42, sie waren also nicht mehr so ganz jung. Selbst seine Enkel wurden schon groß, der Älteste war 14. Manchmal war es ihm, als würden sie allesamt die Rollen tauschen: Seine Kinder sorgten sich um ihn.

„Geh doch zum Amt, Papa!", hatte Claudia schon vor zwei Jahren zu ihm gesagt, als ihr klargeworden war, von wie wenig Geld ihr Vater lebte.

Und Bodo hatte seine Schwester auch noch unterstützt: „Es gibt einen Anspruch auf Grundsicherung, Vater. Das ist keine Bettelei, wenn du das beantragst. Das steht dir zu!"

Jaja, gewiss stand es ihm zu. Schließlich hatte er sein Leben lang gearbeitet. Als Kellner, zuerst im Café Fritze, danach im Restaurant im Hallenbad. Dort hatte er keine langen Abendschichten machen müssen und stets ein gutes Trinkgeld gehabt. Das hatte zusammen mit seinem schmalen Gehalt für ein bescheidenes Leben gereicht, die Kinder hatten es gut gehabt und Martha, die stets etwas kränklich gewesen war, hatte nicht zu arbeiten brauchen. Große Rücklagen hatten sie allerdings nicht bilden können und das wenige, das auf dem Sparbuch war, hatten sie kurz vor Marthas Tod ausgegeben: Für einen kleinen Urlaub, sieben Tage Flusskreuzfahrt auf der Donau. Ein letztes Highlight in Marthas Leben. Das Geld war gut angelegt gewesen.

Inzwischen war Herbert am Schwimmbad, der alten Mühle und dem Schnellrestaurant vorbeigelaufen – sieben Gute, zwei Bier. Ein bisschen was musste noch kommen, es war Monatsende. Also weiter zum Jugendzentrum. Wenn da noch keiner vor ihm gewesen war, konnte er dort auf reiche Beute hoffen. Und tatsächlich: sechs Plastik, zwei Bier, immerhin. Wenn es dabei blieb, wäre es okay. Mehr war natürlich besser. Aber die Tasche und eine der Tüten waren schon voll. Er konnte nicht mehr so viel tragen wie früher. Aber da hinten … seine Nase sagte ihm, dass am Tennisplatz noch was zu holen war. Vier Gute in die zweite Tüte. Und nun zum Rewe, kassieren!

Auf dem Weg zur Goethestraße fielen Herbert noch zwei Plastikflaschen in die Hände. Pfandflaschen, leider. Für die gab es weniger als für die Einwegdinger, auch wenn sie größer waren. Wer sich das bloß ausgedacht hatte? Aber egal, 30 Cent waren 30 Cent.

Im Supermarkt schob Herbert das Leergut in die vorgesehenen Automaten. Auch hierfür brauchte man fast eine Ausbildung: Einweg links, Mehrweg rechts. Mehrmals wurden Flaschen wieder ausgespuckt, also etwas drehen, wieder rein. Endlich war Herbert im Besitz von zwei Pfandbons über insgesamt acht Euro und zwei Cent. Nicht viel für zwei Stunden Rennerei, aber auch nicht so schlecht. Ein schönes Zubrot, steuerfrei* und legal. Eine ehrenwerte Arbeit. Und doch schämte er sich ein wenig dafür. Deshalb ging er jeden Tag in einen anderen Markt zum Kassieren. Wie ein Alkoholiker, der seinen Schnaps immer wieder woanders einkauft und sich dabei einredet, dass niemand etwas von seinem Problem, seiner Sucht, bemerkt. Und wie ein Alkoholiker versuchte auch Herbert jedes Mal, die Kassiererin abzulenken, wenn er mehr Geld herausbekam, als er bezahlte. So auch dieses Mal: Das Päckchen Graubrot, der Käse aus dem Sonderangebot und die Dose Erbsensuppe machten nur rund fünf Euro, so dass er noch über drei Euro herausbekam. Drei Euro für das Sparschwein, für unvorhergesehene Ausgaben und Weihnachtsgeschenke. Nicht viel, aber immerhin.

„Dieses Mal bezahlen Sie mich!", rief Herbert scheinbar erstaunt, als die Kassiererin ihm das Geld und den Kassenzettel überreichte.

Diese lachte und nickte, so wie jedes Mal, wenn einer dieser Pfandsammler diesen Spruch aufsagte. Sie war eine warmherzige und verständnisvolle Frau, sie ließ sich nicht anmerken, dass sie genau wusste, dass dieser Kunde arm war, dass seine Rente nicht reichte und dass er deshalb Flaschen sammelte. Wer war sie schließlich, dass sie es sich hätte erlauben können, auf den armen Alten herab zu sehen? Sie konnte ja froh sein, wenn es ihr in einigen Jahren nicht genau so ergehen würde.

Mit leicht schmerzenden Füßen, die kargen Einkäufe in der Tasche, ging Herbert nach Hause. Dabei dachte er an Bodo, der ihn unbedingt finanziell unterstützen wollte.

„Nimm das doch an, Vater, wir geben dir das Geld wirklich gerne. 150 Euro im Monat würden dir doch weiterhelfen!" Der gute Junge. Aber wo kam man denn hin, wenn die Kinder für die Alten bezahlten? Herbert hatte diese regelmäßigen Zuwendungen abgelehnt. Und nun schmuggelten sie ihm immer wieder heimlich Geld zu: Sie schoben ihm etwas in die Brieftasche, in die Manteltasche oder legten es in den Küchenschrank. Als ob er das nicht merke würde – er war doch nicht senil! Herbert nahm das Geld, gab es aber nicht aus. Stattdessen legte er es auf ein Sparbuch. Für seine Beerdigung, irgendwann würde es ja soweit sein. Er wusste noch gut, was das bei Martha gekostet hatte. Für die Angehörigen war sowas eine Zumutung, gerade wenn es nichts zu erben gab. Wenn er Bodos Geld ansparte, konnte er ihm diese Last also schon einmal abnehmen.

Herbert erreichte seine Wohnung pünktlich zur Mittagszeit. Im Hauseingang standen vier Flaschen, von den Guten zu je 25 Cent. Er wunderte sich kaum darüber, gewiss hatten die Nachbarn wieder einmal keine Lust gehabt, sie wegzutragen. Schon wieder 1 Euro in der Tasche, ganz ohne Mühen. Und gleich Erbsensuppe und ein Rest Vanillepudding von gestern. Ein guter Tag!

*Nachbemerkung:** Ich erinnere mich dunkel und mit Grauen an eine längst vergangene Vorlesung im Fach Steuerrecht. Dort wurde in epischer Breite dargelegt, dass regelmäßiges Pfandsammeln, welches einen relevanten Teil des Einkommens darstellt, irgendeiner Steuer unterliegt. Das hat mich allerdings damals genauso wenig interessiert wie heute. Ich möchte es nur nicht unerwähnt lassen, damit ich mit dieser kleinen Geschichte nicht irgendeinen braven Steuerrechtsstudenten ins Unglück stürze.

Wolkenhimmel

Was für ein trister Tag! Elisa warf einen kurzen Blick aus dem Fenster, während sie Tims Kopfkissen aufschüttelte. Grau war es draußen, der Himmel bedeckt, die Luft feucht. Es war Novemberwetter, in jeder Hinsicht, und das schon die ganze Woche. Irgendwie drückte dieses Grau in Grau auf ihr Gemüt.

Seufzend strich Elisa die Bettdecke zurecht und wechselte auf die andere Seite des Schlafzimmers. So machte sie es immer: Zuerst Tims Bett, dann ihres. Normalerweise mochte sie diese Zeit am Vormittag, wenn Tim schon aus dem Haus und die Kinder im Kindergarten waren. Sie brachte sie früh um acht dorthin, damit sie etwas Zeit für den Haushalt hatte. Zweieinhalb Stunden blieben ihr zwischen Kindergarten und dem Aufbruch zur Arbeit. Sie arbeitete Teilzeit in einem Laden, von elf bis sechzehn Uhr. Dann holte sie die Kinder, ging mit ihnen raus, erledigte gleich die Einkäufe. Und dann begann schon das Abendprogramm: Essen machen, Kinder waschen und ins Bett bringen. Wenn er früh genug kam, kümmerte Tim sich gerne um die Kinder und half im Haushalt. Und wenn er später dran war, hielt sie ihm das Essen warm und versuchte, ihm den kurzen Abend möglichst angenehm zu gestalten. Ihrer beider Tage waren voll: Voll mit Verpflichtungen und Arbeit, aber auch voller Freude, die die Kinder ihnen bereiteten. Immer wieder machte Elisa sich bewusst, wie froh sie sein konnte, zwei so gesunde, lebhafte Kinder zu haben.

Das Telefon klingelte. Elisa ging ran, meldete sich. Es war ihre Freundin Mareike, die nur ein wenig reden wollte. Wirklich, ganz kurz nur. Elisa setzte sich ins Wohnzimmer, hörte der Freundin zu. Sie wusste, Mareike hatte es schwer zurzeit. Das Trennungsjahr lief, noch vier Monate bis zur Scheidung, und noch immer war alles völlig ungeregelt. Die Kinder, das Haus, wer kümmerte sich um was und wie viel Geld würde jeder zur Verfügung haben? Elisa hörte zu und gab Rat, was nicht so leicht war. Schließlich mochte sie auch Jan, Mareikes Mann, und wollte sich nicht komplett auf Mareikes Seite stellen. Es war ja niemandem etwas vorzuwerfen, fand sie, keiner hatte den anderen betrogen oder schlecht behandelt. Sie hatten sich einfach auseinandergelebt, Mareike und Jan. Nach acht Jahren Ehe war die Liebe am Ende gewesen. Eigentlich ein erschreckender Gedanke – wohin verschwand Liebe, wenn sie ging?

Nach guten zehn Minuten wollte Elisa das Telefonat beenden. Sie wusste, wenn sie sie ließ, redete

Mareike den ganzen Vormittag. Elisa aber mochte es nicht so gerne, wenn der ganze Morgen für Gerede draufging. Sie hatte es gerne ordentlich und wollte noch ein wenig schaffen.

„Mareike, nichts für ungut, aber ich muss weiter. Lass uns demnächst mal was trinken gehen – vielleicht am Donnerstag?"

Der Donnerstag war Elisas freier Abend. Donnerstags kam Tim immer pünktlich heim und übernahm die Kinder. Dafür hatte er am Dienstag frei und ging mit einem Freund zum Tennis. Es war ihnen wichtig, dass jeder ein wenig freie Zeit für sich hatte und einem Hobby nachgehen konnte.

Der Donnerstag wurde vereinbart und Elisa nahm ihre Hausarbeit wieder auf. Die Wäsche war trocken und wollte gefaltet werden. Während ihre Hände arbeiteten, gingen die Gedanken eigene Wege. Wie schön, dass jeder von ihnen etwas freie Zeit hatte. Sie nahmen Rücksicht aufeinander. Es war wichtig, aufeinander Rücksicht zu nehmen. Manchmal aber sagten sie einander vor lauter Rücksichtnahme nicht die Wahrheit, zum Beispiel dann, wenn Tim seine Patentante einlud – am einzigen wirklich freien Wochenende in diesem Monat. Elisa war davon alles andere als begeistert gewesen, hatte Tim das aber nicht gesagt. Schließlich mochte der seine Tante Isolde. Und Elisa mochte sie auch, natürlich, Isolde war eine nette alte

Dame. Sie war auf der Durchreise, wollte in irgendein Wellness-Hotel in Bad Doberan, deshalb passte es ihr zu diesem Datum so gut. Aber gerade an diesem Wochenende hätte Elisa gerne einmal Zeit mit ihrem Mann verbracht. Gesagt hatte sie nichts, schließlich wollte sie nicht als ewig unzufriedene Meckerliese dastehen, die ihrem Mann seinen Verwandtenbesuch nicht gönnte.

Sie meckerte sowieso viel zu viel zurzeit. Zum Beispiel über Tims Socken, die er gerne abends auszog und in die Sofaecke knüllte. Das machte er schon immer so, aber früher hatte diese Macke sie nicht gestört. Jetzt murrte sie, wenn sie die Socken in die Wäschetonne brachte – konnte er das nicht selber tun? Die Kinder sollten auch lernen, aufzuräumen, und die waren noch klein. Ein fast vierzigjähriger Mann dagegen sollte doch wohl seine Socken wegtragen können! Und das war nur eine der Kleinigkeiten, die sie inzwischen an ihrem Mann aufregten.

Früher, als der Himmel noch voller Geigen gehangen hatte, hatte sie seine kleinen Eigenarten süß gefunden. Sie hatte gerührt geguckt, wenn er am Frühstückstisch eine Schweinerei mit seinem geliebten Honig anstellte. Jetzt nörgelte sie – warum nahm er denn auch immer so viel davon, und was für ein Beispiel war das für die Kinder? Sie fand es nicht mehr charmant, wenn er für sie kochte, sondern sah das

Schlachtfeld, das er in der Küche anrichtete, mit den kritischen Augen derer, die es wegputzen durften. Und seine langen Arbeitstage, früher ein Zeichen seiner Zielstrebigkeit und seines Fleißes, gingen ihr zunehmend auf die Nerven, einfach weil er ihr fehlte.

Und auch Tim veränderte sich: Früher hatte er sie oft liebevoll seine Rubensfrau genannt und ihre Rundungen zärtlich gestreichelt. Doch in der letzten Woche hatte er eine Waage ins Bad gestellt. Eine, die den Körperfettanteil messen konnte und die Muskelmasse, und die einem eine Statistik erstellte und sie auf das Smartphone sendete. Er selber war schlank wie immer, er brauchte keine Waage. Elisa hatte den Wink verstanden – sie war ihm zu dick, was denn sonst. Dabei hatte sie nicht zugenommen in den letzten Jahren, ihre Kleider passten alle noch, trotz der zwei Kinder. Sie hasste diese Waage und hatte überlegt, sie in den Müll zu werfen. Aber das Ding hatte Geld gekostet, sicher nicht wenig, und das warf man nicht in den Müll.

Elisa brachte einen Stapel frisch gefalteter Handtücher ins Bad und verpasste der Waage dabei einen Tritt.

„Keine Messung möglich!", sagte eine blecherne Stimme und Elisa lächelte wehmütig. Immerhin sprach die Waage mit ihr, wenn sonst schon keiner hier war. Wobei das natürlich dummes Zeug war –

Selbstmitleid. Sie rief sich zur Ordnung. Nur, weil sie heute schlechte Laune hatte und es draußen nieselte, musste sie nicht anfangen, ihr ganzes Leben in Frage zu stellen!

Damals, zu Zeiten des rosaroten Geigenhimmels, hatte sie sich nichts Schöneres vorstellen können, als Hausfrau und Mutter zu sein. Dann, nach drei Jahren in Elternzeit, hatte sie wieder Lust bekommen zu arbeiten und war froh gewesen über den Arbeitsplatz gleich in der Nähe des Kindergartens. Sie arbeitete gerne dort, es machte ihr Spaß, Mode zu verkaufen. Und einen anständigen Personalrabatt gab es dort auch noch, so dass das eine oder andere hübsche Teilchen in ihren eigenen Schrank wanderte. Tim lachte immer über ihre Freude beim Kleiderkaufen. Er selber zog immer einfach irgendwas an und fand es völlig in Ordnung, wenn sie ihm seine neue Kleidung mitbrachte. Komisch eigentlich, dass ihm sein Äußeres so egal war.

Das Telefon klingelte schon wieder. Tante Isolde war dran: Sie wollte gerne schon am Donnerstag kommen, erklärte sie, damit die Kinder sich an sie gewöhnen könnten. Elisa musste lächeln: Sie war schon eine Gute, die Tante Isolde, und so eine Schreckschraube, dass die Kinder langsam auf einen Besuch vorbereitet werden mussten, war sie wahrlich nicht. Sie versprach, Isolde am Donnerstagnachmittag vom Zug abzuholen, und legte ein Lächeln in ihre Stimme. Und wirklich, allmählich freute sie sich auf diesen Besuch. Sie fand es schön, dass ihr Mann noch immer so an seiner alten Tante hing. Das zeigte ihr wieder einmal, was für ein treuer, warmherziger Mensch er doch war. Einer, der nicht einfach losließ, wenn er einmal jemanden liebgewonnen hatte.

Wohin ging die Liebe, wenn sie verschwand? Schon zum zweiten Mal ging diese Frage Elisa durch den Kopf, während sie die Strümpfe der Kinder sortierte und rollte. Sie wusste es nicht. Bei Katja und Jan war sie offensichtlich verschwunden, die starke Zuneigung, die sie einst füreinander verspürt hatten. Sie wollten ohne einander weiterleben. Elisa konnte das nicht verstehen: Auch wenn die Phase der wilden Verliebtheit vorüber war, konnte und wollte sie sich ein Leben ohne Tim nicht vorstellen. Ihre Liebe war ruhiger geworden, glühte nicht mehr so heiß. Aber sie wärmte noch, gab ihr Sicherheit und Kraft. Und das, obwohl sie weniger redeten, sich seltener sahen und kaum noch Sex hatten. Sie wussten einfach, was sie aneinander hatten.

Wohin zog sich die Liebe zurück, wenn die Routine ihr keinen Platz mehr ließ? Darüber dachte Elisa nach, während sie routiniert die Regale im Wohnzimmer abstaubte. Gut möglich, dass die Unzufriedenheit, die sie manchmal verspürte, durch ihren durchgetakteten Alltag kam. Tim ging es doch genauso: Von morgens bis abends war sein Tag verplant. Kein Wunder, dass er kaum noch Zeit fand für ein nettes Wort. Fast alles, was sie sprachen, bezog sich auf den Alltag: Die Arbeit, der Haushalt, die Kinder. Früher waren sie immer wieder ausgebrochen, hatten spontane Kurztrips nach London und Paris gemacht oder waren auch unter der Woche abends mal ausgegangen. Das hatte die Geigen am Himmel zum Singen gebracht. Doch so etwas war inzwischen alles nicht mehr so einfach. Kinder von drei und fünf Jahren konnte man ja nicht einfach in den Schrank hängen. Ein gemeinsamer DVD-Abend musste da oft reichen, und wenn sie Pech hatten, war einer von ihnen dann schon so müde, dass er beim ersten Film auf dem Sofa einschlief. So war es halt, wenn man arbeitete und Kinder hatte. Sie waren erwachsen und benahmen sich so.

Elisa war fertig mit allem. Ein Blick auf die Uhr sagte ihr, dass sie noch Zeit für eine schnelle Tasse Kaffee hatte. Während sie sie trank, sah sie nachdenklich aus dem Fenster: Es war heller geworden, der leichte Regen hatte ausgehört. Gewiss würde sie heute Nachmittag mit den Kindern in den Park gehen können. Es war Gummistiefelwetter – eigentlich gar nicht so schlecht. Schon der Gedanke an das Pfützenspringen mit den Kleinen ließ Elisa lächeln und ihre schlechte Laune verschwand. Als das Handy klingelte und sie Tims Namen im Display sah, lächelte sie und ihre Stimme klang warm und froh, als sie sich meldete.

„Hallo, mein Tim!"

„Hallo, meine liebe Elisa! Bist du noch zuhause? Was machst du?" Tim klang ausgesprochen fröhlich.

„Hmm, ja, Kaffeetrinken."

„Du hast es gut. Du, sag, kannst du meine graue Jacke heute noch in die Reinigung bringen? Ich habe sie gestern am Auto ganz dreckig gemacht und würde sie am Freitag gerne mitnehmen."

„Ähh, ja, kann ich machen, klar. Aber was ist denn am Freitag?" Elisa war verwirrt.

„Am Freitag fahren wir doch nach Bad Doberan, du Schussel!"

„Nach Bad Doberan? Du fährst mit Isolde da hin?"

Am anderen Ende entstand eine Pause. „Hä? Mit Isolde? Nein, mit dir. Tante Isolde passt auf die Kinder auf!"

„Ach sooo …" Elisa schluckte. Offenbar hatte sie nicht richtig zugehört, als Tim ihr die Sache mit Isolde erklärt hatte. Sie telefonierte noch ein paar Minuten mit ihrem Mann – so lange, dass sie sich beeilen musste, um rechtzeitig zur Arbeit zu kommen. „Ich liebe dich", sagte er zum Abschied, und sie sagte: „Ich dich auch!".

Als sie die Wohnungstür abschloss, hörte sie aus der Nachbarwohnung einen Streit. Das ließ sie an Katja und Jan denken. Und sie lächelte, als sie den Weg zum Tor hinunterlief – ohne Schirm, denn die Wolkendecke war aufgerissen und ließ erste blaue Stellen am Himmel sehen. Elisa spürte wieder, wie gut es ihr ging. Zwar war die rosarote Geigenhimmelzeit vorbei, auch zeigten sich manchmal Wolken an ihrem Horizont. Doch die zogen immer wieder vorbei, und woanders regnete es schon lange.

Eine der verzwicktesten Sachen im Leben ist sicherlich die Partnerwahl: Soll man überhaupt oder lieber nicht? Und wenn ja, dann wen? Und wie kennenlernen?

Zu Schulzeiten war das ganz einfach: Wir Mädchen verknallten uns zuerst einmal in die älteren Mitschüler. So ein Abiturient erscheint einer Neuntklässlerin schließlich furchtbar männlich und deshalb begehrenswert. Dann gab es Zeiten, in denen der Freund nach dem wichtigsten Statussymbol ausgewählt wurde – dem Auto. Schließlich war ein fahrbarer Untersatz bei uns auf dem Land die Voraussetzung, wenn man einmal aus dem Kaff heraus und in die weite Welt wollte – nach Oldenburg oder so. Und zu den regelmäßig stattfindenden Landjugendpartys gelangte man mit dem Auto doch auch viel würdevoller, als wenn man mit dem Fahrrad dort hinstrampeln musste und völlig derangiert ankam. Deshalb also erhöhte ein eigenes Auto oder zumindest ein Moped die Bindungschancen der Dorfjungs ungemein.

Ich bin seit jeher eher kopfgesteuert und bin inzwischen ein großer Freund des Singlelebens. Das war allerdings nicht immer so. Ein paar Jahre lang, so mit Anfang 20, war ich auf der Suche nach einem passenden Lebenspartner und taxierte jeden Mann genau daraufhin, ob ich ihn mir alt und grau noch an meiner Seite vorstellen könnte. Die meisten fielen bei dieser Prüfung durch. Als ich mir jedoch einen ausgesucht hatte – Jochen, der aus dem fernen Hannover kam, Maschinenbau studierte und ein mehrmonatiges Praktikum in einer Firma bei uns im Ort absolvierte – kam mir die Tücke eines Schweins dazwischen. Aber von vorne…

Ich ging eigentlich noch nie richtig planvoll vor, wenn es sich um die Liebe drehte. Oft genug wurde ich morgens mit einem fürchterlichen Brummschädel wach und fragte mich, ob es tatsächlich passiert war oder es sich um einen grotesken Traum gehandelt hatte. Meldete das Techtelmechtel vom Vorabend sich nicht, war ich meistens froh. Wollte ich jedoch, dass er anrief, tat er dies grundsätzlich nicht (und war wahrscheinlich froh, wenn er von mir nichts hörte).

So ging ich mehr oder minder allein durchs Leben, umgeben von einer Clique guter Freunde und ständig ermahnt von meiner Mutter: "Sei bloß nicht zu wählerisch, sonst kriegst du keinen mehr ab!"

Derartig aufgemuntert, probierte ich eine Reihe von Frisuren, nahm 20 Kilo ab und 30 wieder zu und war doch eigentlich recht zufrieden. Eben bis ich Jochen kennenlernte.

"Kennenlernen." Dieses Wort ist eigentlich viel zu groß für das, was zwischen Jochen und mir passiert war. Ich traf ihn auf dem Polterabend einer Kollegin, die einen seiner Freunde heiraten wollte. Er gefiel mir sofort – warum auch immer. Zwar sah er leidlich gut aus, war aber von einem echten Beau meilenweit entfernt. Und gesprochen habe ich gar nicht mit ihm, einmal abgesehen von einem kurzen "Dürfte ich da mal eben durch?" Trotzdem fand ich ihn umwerfend – wahrscheinlich lag es an den mir damals noch völlig unbekannten Pheromonen. Ja, Sexuallockstoffe – das musste es gewesen sein! Bevor ich ihm jedoch auch nur einen einzigen sinnvollen Satz entgegenstottern konnte, entschwand er aus meinem Gesichtsfeld und ließ mich vier Wochen lang in Auflösung zurück. Danach setzte allmählich das Verblassen und Vergessen ein. Bis zu jenem Sommertag, an dem ich ihn wiedersah.

Es war Donnerstag, einer jener "langen Donnerstage" in den neunziger Jahren, an denen ausprobiert wurde, ob den Verbrauchern, vor allem aber den Verkäufern, sanft erweiterte Öffnungszeiten wohl schaden würden. Ich war allerdings nicht zum Einkaufen unterwegs, sondern um ein paar Bankgeschäfte zu erledigen, wenn auch in kleinem Stil: Überweisungen einwerfen, Kontoauszüge holen, ein paar Mark auf das Sparbuch einzahlen. Und da sah ich ihn, meinen Jochen. Er stand im Vorraum der Sparkasse und druckte sich wohl ebenfalls Kontoauszüge aus. Ich war wie elektrisiert. Diese Gelegenheit musste ich nutzen! Rasch schloss ich mein Fahrrad ab, griff meinen Rucksack aus dem Fahrradkorb und ging entschlossenen Schrittes die wenigen Stufen zur Eingangstür hinauf. Das hieß, ich wollte es: Auf Stufe drei bemerkte ich, dass ich meinen alten Rucksack verkehrt herum trug, auf Stufe vier schien etwas zu rutschen und dann explodierte mein prall mit Münzgeld gefülltes Sparschwein auf Stufe fünf. Meine ersparten Taler spritzten in alle Richtungen. "Ach du Scheiße!", hörte ich eine Stimme über mir – Jochen auf Stufe sechs. Und anstatt diskret, vielleicht mit einem freundlichen Gruß und einem gut versteckten Grinsen, über die Reste der Sau sowie die herumkullernden Groschen und Pfennige hinwegzusteigen und mich die Bescherung aufklauben zu lassen, hockte er sich hin und begann mir zu helfen. Wie peinlich mir das war! Das Wissen um meine feuerrote Birne machte es natürlich auch nicht besser.

Ich stammelte also ein wenig dummes Zeug: "…Umstände, … nicht nötig,… schaffe das schon!" und griff mit Schwung in eine Scherbe.

Von meinem Traummann mit einigen mitfühlenden Worten und einem Papiertaschentuch versorgt, bemerkte ich zu meinem Entsetzen, dass mir die Tränen in die Augen stiegen. Hatte ich doch allen Grund zum Heulen: Da träumte ich wochenlang von diesem Typen, stellte mich im wahrscheinlich wichtigsten Moment meines Lebens unglaublich dämlich an und zu allem Unglück ist der Kerl dann auch noch wirklich nett! Hätte er wenigsten über mich gelacht, oder zumindest ein bisschen arrogant geguckt! Aber nein, meine Liebe auf den ersten Blick stellte sich tatsächlich als echtes Prachtexemplar heraus – wie viel Pech kann man eigentlich haben?

"Tut es so weh?" fragte Jochen erschrocken, als er mich weinen sah.

Was sollte ich dazu sagen? Ich konnte mich doch schlecht bei ihm über meinen guten Geschmack in Sachen Männern beschweren.

"Das Schwein war von meiner Oma!" heulte ich also und kam mir im nächsten Moment so ungeheuer doof vor, dass mich dieses Gefühl heute noch in schlimmen Träumen verfolgt. Jochen wurde dieses Gespräch mit mir scheinbar auch etwas unheimlich, denn er nickte kurz mitfühlend, hockte sich hin und sammelte flink, geschickt und ohne sich zu schneiden mein Kleingeld in eine Schlecker-Tüte, die er mir in die Hand drückte.

"Hier, dass müsste alles sein. Du musst dich beeilen, die machen gleich zu!"

Ich nickte und bedankte mich so überschwänglich bei ihm, dass er etwas zurückwich.

"Sehen wir uns mal?" wollte ich eigentlich fragen, sah aber an seinem leicht panischen Blick, dass er mich inzwischen für eine hysterische Kuh hielt. Ich ersparte uns beiden diese Peinlichkeit, sagte nur "Tschüss" und winkte mit meiner blutigen Hand. Er grinste schief und eilte zu seinem Wagen – fluchtartig, wie mir schien. Mir blieb nur noch, in der Bank meine blaue Tüte auf den Tresen zu legen und dem Kassierer zu helfen, Kleingeld und Splitter voneinander zu trennen. Dass mir der freundliche Bankangestellte im Anschluss eine Spardose aus solidem Blech schenkte, war nur ein schwacher Trost.

Wie schon ab und zu einmal erwähnt, bin ich Single ohne Kind und Kegel. Dass ich meiner Pflicht, neue Rentenzahler in die Welt zu setzen, nicht nachkomme, stimmt mich keinesfalls unglücklich und ich versinke auch nicht in Ehrfurcht vor jeder dieser hoheitsvollen Obergluckenmütter, die, ständig zwischen Burn-Out und Krabbelgottestdienst hin- und hergerissen, gerne über uns Nicht-Eltern herziehen. Sie wissen schon: Wegen unserer mangelnden Solidarität mit den benachteiligten Familien, der von uns nicht übernommenen Verantwortung und der für uns viel zu niedrigen Steuersätze. Im Gegenteil, ich atme mit größter Selbstverständlichkeit die gleiche Luft wie diese heiligen Johannas der PEKIP-Gruppen und führe mit Fleiß private Sozialstudien über das vielgelobte Familienleben. Gelegenheiten gibt es dazu ja reichlich.

Eine dieser Beobachtungen machte ich an einem Sonntag am Baggersee: Trotz meines unsortierten Single-Lebens bin ich kein verlotterter Langschläfer, sondern gehe gerne schon morgens baden. Weil es dann noch nicht so voll ist, die Sonne noch nicht so herunter brennt und – nicht zuletzt – weil es dann noch die freie Auswahl bei den Liegeplätzen gibt. Ich habe es nämlich gerne kühl, stehe um neun auf der Wiese, betrachte die Bäume und kalkuliere überlegt, wohin sie ihren Schatten in einigen Stunden wohl werfen werden. Und genau dahin, auf diesen mühsam errechneten Punkt, lege ich dann meine Matte und mich. Und genau daran störte sich Christine.

Bis zu diesem Tag kannte ich Christine gar nicht. Ich hatte sie niemals zuvor gesehen, wusste nichts von ihr und ihrer Familie. Ich lernte sie um 11 Uhr 30 kennen, fand sie um 11 Uhr 32 furchtbar doof und wusste am Nachmittag, als mein Badeseetag vorerst zu Ende war, schon eine ganze Menge über sie: engagierte Mutter, Erzieherin von drei hoffnungsvollen Sprösslingen und einem Mann, hausfraulich ambitioniert. Außerdem sparsam und ernährungsbewusst, mit einer kaum verdeckten Neigung zur Aggression. In drei Jahren geschieden. Gut, letzteres war nur eine Vermutung.

Schon der Einzug von Familie Christine war eine Schau. Zumindest für mich, die ich immer mit nur wenig Gepäck baden gehe. Viel mehr als mein Handtuch, meine Matte, ein Buch und etwas Proviant brauche ich nicht für einen genussvollen Badetag. Natürlich braucht man für einen Erwachsenen deutlich weniger Kram, als wenn man mit drei Kindern einen

Ausflug macht. Familie Christine hatte jedoch neben einem vollgeladenen Kinderwagen, einem schon aufgeblasenen Schlauchboot nebst Paddeln, zwei Kühltaschen, vier Rucksäcken und diversen undefinierbaren Bündeln auch noch zwei Sonnenschirme nebst Fuß im Schlepp. Das Paddelboot erwies sich hier als sehr praktisch, denn man konnte es mit dem ganzen Ballast beladen und hinter sich herschleifen. Das war die Aufgabe eines lang aufgeschossenen Mannes namens Ralf, der diesen Job offensichtlich nicht selbsttätig erledigen konnte, denn es prasselten unentwegt Anweisungen auf ihn ein: Er solle das Boot anders anfassen, es nicht durch Scherben ziehen, keine anderen Badegäste rammen und bitte endlich den Paulus an die Hand nehmen. Christine hingegen schob den Kinderwagen, in dem ein Baby namens Luna-Sophie vor sich hin meckerte – wahrscheinlich drückten die ganzen Bündel. Außerdem trug Christine vorne und hinten einen Rucksack und hielt die Hand von Tochter Mona-Marie umklammert – so fest, als durchkreuze sie ein feindliches Territorium. Und sie war geschickt mit ihrer Last, das musste man ihr lassen: Zielstrebig navigierte sie die vollgehäufte Baby-Limousine durch das Gewirr von Handtüchern, Beinen und spielenden Kindern und kam in meiner Nähe zum Stehen. Sie hatte gut gewählt: Ein recht großes Rasenstück war noch frei. Auf das hatte sie es jedoch gar nicht abgesehen. Zu meiner Überraschung lächelte sie mir zu wie eine alte Freundin und nickte aufmunternd. Ich grüßte etwas unsicher. Hatte ich ihren geräuschvollen Einzug etwa so interessiert betrachtet, dass sie sich beobachtet gefühlt hatte? Hatte ich am Ende gar blöde geglotzt? Das wäre mir natürlich unangenehm gewesen. Dann aber sah ich, wie sich auf ihrer Stirn eine Falte bildete und das Lächeln einem Zug von Unmut wich. Sie nickte mir noch einmal zu und ich war ratlos. Ich versuchte mich mit einem Schulterzucken, was gar nicht so einfach ist, wenn man lang auf dem Bauch liegt.

Sie interpretierte meine Spasmen jedoch richtig und klärte mich auf: „Ja, Siiiie, mir ham fei drei Kinder dabei!"

Ich lächelte verständig, denn das hatte ich ja schon gesehen. Ich fand auch, dass sie sich dafür nicht entschuldigen musste, denn ihre Kinder machten bislang einen durchaus manierlichen Eindruck. Also bemühte ich mich, meinem erneuten Schulterzucken einen freundlichen Ausdruck zu verleihen.

Der Unmut in Christines Gesicht wich offenem Ärger: „Ja, Sie, Sie san ganz alloa und blockiera uns den Schatten!"

Das war es also! Ich war baff. Da kam sie zur Mittagszeit mit ihrer Meute angeschlendert und musste mit ansehen, wie verantwortungslose, unsolidarische und unterbesteuerte Singles das Gras im Schatten platt lagen! Glaubte sie nun wirklich, ich würde meinen besonnen ausgewählten Platz für sie räumen? Offensichtlich war es so, denn sie wies Ralf an, das Schlauchboot genau vor meiner Nase zu parken.

Er schien sich der Ungeheuerlichkeit ihrer Forderung durchaus bewusst zu sein, denn er zögerte und wagte Widerspruch: „Christine, sollten wir nicht…"

Mit einer unwirschen Handbewegung wurde er zum Schweigen gebracht und ließ resigniert das Boot fallen. Es landete auf meinem Buch, verknickte eine Seite und stank entsetzlich nach Gummi. Mir reichte es.

„Ich muss doch sehr bitten!" Da ich mich bei diesen bedeutungsschwangeren Worten hochrappelte, um energischer gucken zu können, kamen mein Protest lauter als beabsichtigt. „Halten Sie bitte etwas Abstand!"

Cristine erklärte mir uneinsichtigem Schmarotzer, dass sie mit ihren Kindern eindeutig im Recht sei und diesen Platz bräuchte, jetzt und sofort. Ralf schupperte mit einer Trekkingsandale auf dem Rasen herum und guckte betroffen. Glücklicherweise alarmierte Cristines Tirade einen bärtigen Bademeister, der meine Partei ergriff und sich drei Mal fragen lassen musste, ob er eigentlich Kinder habe.

Ob er welche hatte, verriet er einfach nicht, wies Mama Christine aber in ihre Schranken: „Dann müssen Sie halt früher aufstehen!"

Dass er sie dann einfach stehen ließ, brachte sie dazu, wie ein auf dem Trockenen liegender Karpfen nach Luft zu schnappen und dabei empört zu klingen. Ralf aber, der alte Verräter, zerrte das Schlauchboot von meiner Matte und parkte es ein paar Meter weiter westwärts. Ich gab vor, mich wieder meinem Buch zu widmen und Christine verbrachte, immer noch übel gelaunt, eine logistische Meisterleistung: Sie baute das Camp auf.

Selber eifrig hantierend, stieß sie zwischendurch Befehle aus, die sich an ihre Lieben richtete: „Wasser in die Schirmständer, Schirme aufstellen, spannen, Ralf! Paulus, die rote Decke nach links! Wo ist links? Genau! Aus dem Weg, Mona-Marie! Ralf, die Kühltaschen unter den Schirm! Unter den anderen! Was ist mit der Strandmuschel, wolltest du die heute vielleicht auch noch mal aufbauen? Paulus, schieb Luna-Sophie unter – ja, genau, gut machst du das!"

Ralf machte scheinbar gar nichts gut, zumindest wurde er nicht gelobt. Dabei sprang, werkelte und schwitzte er, was das Zeug hielt. Er schien aber wohl nicht einmal als Schirmspanner etwas zu taugen, denn beide Schattenspender wurden von der Chefin unter beißenden Kommentaren noch einmal nachjustiert. Was dem armen Mann schließlich fast zum Zusammenbruch brachte, war die wiederholte Frage nach der Strandmuschel: Er hatte sie im Auto vergessen.

„Wenn man nicht alles selber macht!" ätzte Christine und schickte ihren Knecht zurück zum sonnenflirrenden Parkplatz, um das fehlende Utensil zu holen. „Ich ziehe derweil schon mal die Kinder an."

‚Anziehen', dachte ich schmunzelnd. Da hat sich die gute Chrissie wohl vertan, zum Baden wird sie die Kleinen doch ausziehen. Aber weit gefehlt! Denn Paulus und Mona-Marie, die in leichten Sommersachen gekommen waren, wurden jetzt vollständig angezogen: Christine kleidete sie in solide, dunkelblaue Taucheranzüge, stülpte ihnen Hüte mit schulterlang herunterhängenden Lappen auf die Köpfe und zwang ihre widerstrebenden kleinen Füße in bunte Plastiksandalen. Die wenigen Zentimeter Haut, die hier und da hervorlugten, beschmierte sie mit blauem Sunblocker. Die beiden Kinder sahen aus wie Schlümpfe in der Sahara.

Papa Schlumpf eilte unterdessen mit einem weiteren Bündel über die Liegewiese. Christine schaffte ihm an, die Strandmuschel möglichst zügig aufzubauen und auf Luna-Sophie aufzupassen. Dann ging sie mit ihren verunstalteten Kindern in Richtung Wasser und es kehrte eine verblüffende Ruhe ein. Ich las ein paar Seiten, konnte mich jedoch nicht so recht konzentrieren. Der Aufbau des halben Zeltes neben mir schien schwierig zu sein. Ich hörte es klappern und das nachdenkliche Murmeln von Ralf ließ mich immer wieder aufblicken. Sogar Luna-Sophie, die auf der blauen Decke lag und ihrem Vater zusah, sah besorgt drein. Ohne Zweifel, der Mann war kein Handwerker. Eher ein durchgeistigter Intellektueller. ‚Bestimmt schreibt man diesen Ralf mit ph', dachte ich zu meiner eigenen Überraschung, vertiefte mich jedoch nicht weiter in dieses Thema. Denn schon wieder stand der energische Bademeister neben uns. Er konnte Ralfs Kampf mit der Standmuschel scheinbar nicht mehr ertragen, fädelte geschickt zwei Stangen ein und stellte die Muschel mit wenigen Handgriffen im Schatten der beiden Sonnenschirme auf. Das bewahrte Ralf sicherlich davor, erneut in aller Öffentlichkeit von seiner Partnerin zusammengestaucht zu werden. Er durfte sich sogar fünf Minuten lang hinsetzen. Auf die rote Decke, die Füße in der Strandmuschel.

Dann aber stand Christine wieder im Camp, riss die verdutzte Luna-Sophie von der Decke und schickte Ralf los, um die Großen zu bespaßen. Er schnappte sich das Paddelboot und trollte sich.

Ich ging auch baden. Beim Schwimmen sah ich das Paddelboot mit Vater und Kindern öfter. Ohne die ständigen Maßregeleien durch seine Frau wirkte Ralf durchaus entspannt und machte seine Sache in meinen Augen sehr gut. Allerdings hatte er seinen eigenen Taucheranzug, den Schulterlappen sowie jegliche Sonnencreme vergessen und rötete sich bedenklich.

Nachdem ich mich ausreichend abgekühlt hatte, ging ich zu meinem Platz zurück. Es kam mir so vor, als sei der Abstand zwischen meiner Matte und Christines Neubaugebiet um einen halben Meter geschrumpft, hatte aber keine Lust, darauf einzugehen. Ich cremte mich neu ein, las ein wenig, schlief ein Weilchen. Dann weckten mich die Stimmen der Schlümpfe. Sie erzählten mit hörbarem Stolz, dass das Schlauchboot auf den Steinen kaputt gegangen sei und der Papa ihnen zum Trost Pommes vom Kiosk versprochen hatte. Damit war die Ruhe dahin – Mutter platzte! Denn: In den beiden Kühltaschen war NAHRUNG! Gutes, selbst zubereitetes Essen AUS DEM BIOLADEN! Brotgesichter, Apfelschnitze und Fingermöhren, dazu zweierlei Quark, ungesüßter Kräutertee und stilles Wasser. Für all diese Köstlichkeiten hatte sie, Christine, den ganzen Vormittag über in der heißen Küche geschuftet. Und nur deshalb waren sie so spät aus dem Haus gekommen. Nur, weil sie sich Gedanken um die Gesundheit der Familie machte. Und nur deshalb, weil sie sich immer so viele Gedanken machen musste, war sie immer so fertig, hatte weder Zeit noch Raum für sich. Und wie dankte man es ihr? Indem man sie auf ihren liebevoll zubereiteten Mahlzeiten sitzen ließ und ihre Augensterne mit in Altöl gebackenen Billig-Kartoffeln vergiftete. In ihrer eigenen Familie hatte sie keinen Rückhalt, sie wurde übersehen, ihre Leistungen missachtet.

Während dieser Klage riss Christine an einer Kühltasche herum, zerrte eine Tupperdose heraus und stopfte sich trotzig ein Radieschen zwischen die bebenden Lippen.

Ralf schwieg betreten, sodass die Kinder die Initiative ergriffen: „Ich will aber Pommes!" rief der tapfere Paulus und Mona-Marie begann vorsichtshalber zu heulen.

„Dann fresst halt eure blöden Pommes!" giftete Christine und schmiss Ralf wenig damenhaft eine Geldbörse vor die Füße.

Der, offensichtlich erleichtert, die Szenerie verlassen zu können, eilte zum Kiosk und kam mit zwei Portionen Frittiertem zurück. Er selbst aß aufgeweichte Brotgesichter. Ich sah ihm zwar an, dass er auch lieber ungesund gelebt hätte, aber so weit reichte sein Schneid nun doch nicht. Ich konnte ihn verstehen. Denn schließlich war er inzwischen so rot wie ein gekochter Hummer und wollte gewiss nicht auch noch Prügel riskieren. Ich schmunzelte, beschloss dann aber, meinen Beobachterposten zu verlassen und nach Hause zu radeln. Nachmittags ist es mir im Hochsommer einfach zu heiß draußen.

Ich wohnte damals nur wenige Fahrradminuten vom See entfernt und hatte deshalb die Gewohnheit, abends noch mal ins Wasser zu hüpfen. So auch an diesem Sonntag. Es war leer auf den Wiesen, nur noch wenige Schwimmer waren unterwegs. Ich lehnte mein Fahrrad an den gleichen Baum wie morgens, zog mein Kleid aus und lief beschwingt zum Wasser. Als ich über das Gelände von Christines Camp lief, trat ich schmerzhaft auf etwas Rundes und wäre fast gestürzt: Da lag tatsächlich eine lange, dünne Stange. Eine Stange, die vergessen worden war und beim nächsten Aufbauen der Strandmuschel fehlen würde. ‚Armer Ralfi', dachte ich und musste unwillkürlich grinsen. Mein Mitleid hielt sich jedoch in Grenzen. Schließlich hätte Ralf auf seine Strandmuschel besser aufpassen müssen. Er war ja auch der einzige, der sie den Tag über genutzt hatte: ganze fünf Minuten lang.

Hitze – und sonst nichts Besonderes

Das Gewitter kam an einem Freitagabend. Es war einer dieser Freitage, an denen ich es nicht erwarten kann, endlich den Schreibtisch aufräumen und das Wochenende einläuten zu können. Noch war gutes Wetter, aber Regen war angekündigt. Würde die Zeit noch für einen Kurzbesuch im Schwimmbad reichen, oder zumindest für ein Kaffeestündchen auf dem Balkon? Ich hatte es eilig!

Die Straßenbahnfahrt quer durch die Stadt erschien mir endlos. Frankfurt ist schön, aber im Sommer glühen die Straßen und kein Luftzug erreicht die Innenstadt. Nach der kühlen, klimatisierten Luft im Büro kommt es mir dann oft so vor, als sei ich draußen von einer warmen, nassen Wolke umgeben. Mehr als einmal habe ich mich schon dabei ertappt, wie ich mit den Armen so etwas wie Schwimmbewegungen mache, um dieser Substanz zu entrinnen. Natürlich ist der einzige Effekt dieser Übung dann jedes Mal, dass die Leute auf der Straße mich befremdet anblicken. Dieser Freitag war also ein solcher Tag und als ich meine Wohnung erreichte, klebte mir das Kleid am

Körper und die Zunge am Gaumen. Dazu, mich in dieser Gluthitze noch einmal hinauszuwagen, und sei es in Richtung Schwimmbad, fehlte mir einfach die Lust.

Ich entschied mich also dazu, den Rest des Nachmittags lesend auf dem Balkon zu verbringen. Ein gutes Buch, Saft, Kekse – ich trage gerne meinen halben Hausstand hinaus auf den Balkon. Auch ein MP3-Player gehört dazu, denn schließlich möchte ich meine Ruhe haben und die Geräusche der Nachbarn möglichst gar nicht wahrnehmen. Nicht ausblenden kann ich freilich den Lärm der aufsteigenden Flugzeuge, die an einigen Tagen so tief über mir dahinziehen, dass ich sie fast am Bauch kraulen möchte. Aber an diese Störungen habe ich mich inzwischen gewöhnt und nehme sie als unvermeidliches Übel hin.

An diesem Tag war es jedoch angenehm ruhig, wenn auch drückend heiß. Ich verbrachte zwei anregende Stunden in der Gesellschaft von John Irving und Brian Ferry – eine wunderbare Mischung. Und noch etwas erschien mir wunderbar: Einer meiner Nachbarn hatte wohl Kuchen gebacken, der Duft zog in warmen, süßen Strömen in meine Nase und ließ mich lächeln. Ich bin keine große Bäckerin, aber daheim hatte es früher oft so gerochen, wenn wir Kinder aus der Schule oder vom Spielen heimkamen. Ja, so roch zuhause. Genussvoll schnüffelnd blickte ich von meinem Buch auf.

Was ich sah, ließ mich staunen: Der Himmel, der vor kurzem noch von einem fast unnatürlich scheinenden Blau mit einigen Wattewölkchen gewesen war, leuchtete inzwischen in einem unwirklichen Stahlgrau. In der Ferne aber, über dem Stadtwald, ragte eine schwarze Wand auf, aus der bereits die Blitze schossen. Es sah aus, als würde da hinten die Welt untergehen. Und dabei war es doch hier, nur einige Kilometer weg von diesem Unwetter, noch gar kein schlechtes Wetter. Im Gegenteil, die leichte Abkühlung empfand ich als angenehm. Und so hoffte ich, dass sich das Wetter noch ein Weilchen dort hinten austoben würde, damit ich noch sitzen bleiben und den Kuchenduft genießen konnte.

Ich beobachtete träge die Blitze. Dieses Warten auf den Regen erinnerte mich an die heißen Sommer meiner Kindheit. Wir hatten auf dem Land gewohnt, mit Spielgeräten im großen Garten, reichlich Platz zum Toben und einer ganzen Meute von Kindern in der Nachbarschaft, die alle in etwa im gleichen Alter waren wie meine große Schwester und ich. Im Sommer hatten wir fast nur draußen gespielt, mal alle zusammen, dann wieder in kleineren Grüppchen. Wir tobten und rannten, die Wärme machte uns wenig aus. Ab und zu aber liefen wir ins Haus, um durstig

Wasser und Saft in uns hineinzuschütten. Und natürlich bettelten wir um Eis, das wir manchmal sogar bekamen – selbst gemachtes Fruchteis, das in kleinen Plastiktöpfchen steckte und dessen Stil beim Ablutschen etwas sonderbar roch. Damit und mit dem Wasser, dass in einer großen alten Zinkwanne für uns draußen stand, kühlten wir uns ab. Und an vielen Abenden erwarteten wir fast ungeduldig eines dieser Sommergewitter, das uns Erfrischung bringen und den Staub aus der Luft waschen würde. Wir spielten dann wie in Wartestellung: Federballsets und Bälle waren schon in den Schuppen, Puppen und Wolldecken ins Haus gebracht worden. Wir Kinder saßen dann oft nur träge herum und schwatzten ein wenig, oder aber wir holten, sehr zum Unmut unseres Vaters, diverse Dinge aus dem Schuppen wieder heraus. Manchmal vergnügten wir uns an solchen Abenden auch auf der Wippe, zwei Kinder auf jedem Sitz, eines balancierend auf der schwankenden Mitte. Aber ganz gleich, was wir taten, in erster Linie warteten wir ab.

Wenn das Gewitter dann tatsächlich losbrach, gab es für uns nichts Spannenderes, als es genau zu beobachten: Wer sah den ersten Blitz? Und wie lange dauerte es, bis der Donner folgte? Einundzwanzig, zweiundzwanzig – unsere Aufregung war groß, wenn beides, Blitz und Donner, unmittelbar aufeinander folgten und sich draußen wahre Sturzbäche ergossen.

„Jetzt sind wir mittendrin!", kreischte dann immer jemand und wir starrten wie gebannt aus dem Fenster.

Und dabei hofften wir schon, dass es nicht mehr zu lange dauern würde mit Blitz und Donner, und dass es danach noch ein Weilchen kräftig schütten würde. Denn dann, wenn die Gefahr, vom Blitz erschlagen zu werden, vorbei war, durften wir hinaus in den warmen und doch so angenehm kalten Regen. Nur mit T-Shirt und Unterhose bekleidet hopsten wir herum wie kleine Kobolde, kichernd auf dem Rasen schlitternd.

Das ging so lange, bis die Mutter uns hereinrief: „Zeit fürs Bett!"

Natürlich waren wir müde, aber trotzdem wurden jedes Mal noch ein paar Minuten herausgeschunden – so, wie ich heute nicht aus dem Bett hinaus will, wollte ich damals nicht hinein. Schon gar nicht, wenn es nach einem heißen Tag endlich Abkühlung gab.

Auch an diesem Freitag sehnte ich mich nach einer Erfrischung. Gierig reckte ich meinen Körper jeder Windbö entgegen, immer auf der Suche nach Kühle. Der Wind jedoch war warm, fast tropisch, und half mir nicht aus dem Schwitzen heraus. So war es früher natürlich auch manchmal gewesen: Das Gewitter zog weiter, die ersehnte Abkühlung blieb aus. An diesen Tagen half nur der Gartenschlauch.

Meine Eltern waren eigentlich strikte Gegner der deutschen Eigenart, an jedem Abend den Garten unter kostbares Leitungswasser zu setzen. Dennoch besaßen wir einen Wasserschlauch, der jedoch hauptsächlich dazu verwendet wurde, Kinder und Väter zu unterhalten. Dazu wurde der Sprenger nicht auf Dauerbetrieb gestellt, sondern es wurde vorne eine Düse aufgeschraubt, die wohl eigentlich zum Blumen gießen gedacht war. Mit ihr konnte man zielgenau spritzen, mit kaltem, kräftigen Strahl traf das Wasser auf erhitzte Körper. Das brachte deutlich mehr als das Schießen mit einer altmodischen Wasserpistole! Die Spritzerei übernahm am Anfang entweder mein Vater oder der Nachbar. Sie jagten uns hin und her durch den Garten und wir liefen aufgeregt herum, lachend und schubsend. Wir fühlten uns sehr mutig, wenn wir direkt vor dem jeweiligen Spritzmeister herumturnten und Faxen machten. Irgendwann tauschten wir dann immer die Rollen, jeder durfte mal sprengen. Und auch die Väter schienen das immergleiche Spiel zu genießen, viele Sommer lang. So lange, bis wir eines Tages zu groß dafür wurden – oder zumindest glaubten, es zu sein. Denn auch an diesem Abend, an dem ich in feuchtheißer Schwüle auf meinem Frankfurter Balkon saß und zusah, wie es andernorts regnete, wünschte ich mir jemanden mit einer Wasserspritze. Jemanden, der Spaß daran hätte, hemmungslos herumzualbern, Grasflecken auf die Hose und vor Lachen einen Schluckauf zu kriegen. Natürlich, fiel mir ein, hätte dieser jemand außer dem Rasensprenger auch einen dazu passenden Rasen haben müssen.

An diesem Abend kam leider niemand mit einer Wasserspritze. Ich saß weiter auf meinem Balkon, schnüffelte nach dem Kuchenduft, der langsam verflog, hörte Jazz und beneidete die Leute hinter dem Stadtwald um ihren Regen. Denn bei uns blieb es, wie es war: feucht-heiß. Und dabei hätte ich es an diesem Abend mal wieder tun mögen: einfach hinauslaufen, durch Pfützen patschen, Tropfen mit der Zunge fangen. Sicherlich nicht in Unterhosen, aber ein paar meiner alten Sommerkleider erscheinen mir wie geschaffen für solche Spiele. Und wer weiß, vielleicht hätte ich da draußen ja jemanden getroffen, der die gleiche Idee hatte wie ich und der gemeinsam mit mir durch die nassglänzenden Straßen gelaufen wäre. Aber ohne Regen, das war mir klar, würde ich einen solchen Gefährten heute nicht finden.

Ich blieb also auf meinem Balkon sitzen, mit John Irving und leiser Musik, und es geschah nichts. Außer vielleicht einer Kleinigkeit: Mir wurde plötzlich bewusst, was für ein Wunder mir soeben passiert war: Auf einer dünnen, duftenden Kuchenspur war ich für eine Weile in die Vergangenheit geflogen, war über dreißig Jahre zurückgereist in meine Kindheit. Ich hatte den Regen gespürt, die feuchte Erde gerochen, das Lachen der anderen gehört. Vaters dröhnenden Bass, Mutters Kopfschütteln, ihre Stimme: „Ihr seid ja verrückt, alle miteinander!". Ich hatte sogar ihre Hände gespürt, die mich mit einem Frotteehandtuch trocken rubbelten. Das alles war an diesem Freitagabend plötzlich wieder da, obwohl eigentlich nichts Besonderes passiert war – weder damals, in den Sommern der siebziger Jahre, noch an jenem Freitag, auf meinem Balkon in Frankfurt.

Formschön, bunt und praktisch

Im Leben eines jeden Menschen gibt es Augenblicke der Selbsterkenntnis, Phasen der Selbstfindung. Auch in meinem gesetzten Alter geschieht es mir noch, dass ich mich beobachte, erstaunt über das, was ich da sehe. Bin ich das wirklich, die da in einer Kneipe den fünften Cocktail schlürft und dabei auf proletenhafte Weise mit dem nachsichtig lächelnden Kellner schäkert? Und was denke ich mir dabei, wenn ich mit meinem Kollegen Frank (der übrigens nicht schwul ist!) über die Vor- und Nachteile eines Bügel-BHs diskutiere? Diese Augenblicke des Auf-sich-selbst-Heruntersehens sind natürlich inzwischen nicht mehr so häufig wie früher, aber es setzt mich noch immer in Erstaunen, wie wenig ich mich eigentlich kenne. Und wie komplex ich doch bin!

Einen großen Schritt in Richtung meines unterbewussten Selbst machte ich im Januar 1993. Ich war Anfang Zwanzig und arbeitete im Büro einer großen Firma. Wir waren dort überwiegend Frauen und so kam es, dass sich regelmäßig auch in der Kantine eine Runde in etwa gleichaltriger Kolleginnen um einen großen Tisch scharte, zusammen aß und dabei munter schwatzte. Wir waren im Grunde ein zusammengewürfelter Haufen, eine Art Zweckgemeinschaft, die im Privatleben so sicherlich nicht zusammengefunden hätte. Besonders zwei Kolleginnen, die dicke Gabi (wir hatten auch noch eine dünne, aber die schrieb sich mit Ypsilon) und Monika, gingen mir immer ein wenig auf die Nerven. Nicht, dass die beiden etwa boshaft gewesen wären, dazu waren sie viel zu schlicht strukturiert. Sie konnten sich jedoch stundenlang über so spannende Themen wie Rezepte, Bügeltechniken oder Hardangerstickerei austauschen und erwarteten von uns, dass wir diese Begeisterung teilten. Und das war mir schlicht unmöglich.

Ich habe seit jeher eine tief verwurzelte Abneigung gegen Hausarbeit jeglicher Art. Was hat meine Mutter nicht alles versucht, um aus mir eine perfekte Hausfrau zu machen! Sie schenkte mir Kochbücher und Backformen, beglückte mich zum Geburtstag und zu Weihnachten jeweils mit einem Chromagan-Besteckteilchen. Sie hielt mir Predigten („Deine Schwester hat schon mit elf Jahren gerne gekocht!") und malte mir meine Zukunft in den düstersten Farben aus (denn so würde ich nie einen Mann finden!). Das alles hatte jedoch meinen Widerwillen nur verstärkt und in mir eine regelrechte Verachtung für die Frauen hervorgebracht, die es als ihre Berufung ansahen, ihr Leben am Herd zu fristen und sich über Dampfreiniger zu unterhalten. Gut, dachte ich immer tolerant, wem nichts Besseres einfällt als Besteck zu polieren und Gardinen zu waschen, der soll dies tun, aber ich nicht. Niemals würde ich mich in diesen Sumpf hineinziehen lassen! Es war schließlich nicht jede Frau anfällig für dieses „Mein-Haushalt-soll-schöner-werden-Virus". Und so saß ich auch an diesem Dienstag, im Januar 1993, mit leicht angeödetem Gesicht bei meinen Kolleginnen, löffelte Linseneintopf und hörte mit halbem Ohr den Erzählungen der Gabiys und den anderen zu. Worum ging es? Ach so, Gabi machte mal wieder eine Diät. Sie verzichtete auf den Eintopf und schleppte statt dessen mehrere Plastikbehälter mit sich herum. In dem einen war Salat, im zweiten, einem winzigen Töpfchen, befand sich eine wässrig aussehende Soße und in einem hohen, becherartigen Gefäß schien Buttermilch zu sein. Mich schüttelte es ein wenig. ,Dann lieber dick bleiben', dachte ich und rechnete mit einer längeren Diskussion über die Brigitte-Diät. Es entspann sich jedoch ein mindestens genauso spannendes Gespräch, das sich um die Plastikpötte drehte.

„Läuft das da nicht raus?" fragte Monika und befingerte interessiert den Buttermilchbecher.

„Oh nein", erklärte jemand, „das ist ja das Gute daran. Und wenn was kaputtgeht, kann man es einfach umtauschen – lebenslange Garantie!"

‚Fantastisch', dachte ich gelangweilt, doch in allen Gesichtern um mich herum zeichnete sich echte Begeisterung ab.

Und die dünne Gaby meldete sich aufgeregt zu Wort: „Die Freundin meines Bruders ist Beraterin und ich gebe am Freitagabend bei mir eine Party. Wenn Ihr möchtet, könnt Ihr dazukommen. Karin macht das klasse und es gibt zurzeit schöne Geschenke!"

„Ohne mich!" sagte ich nur.

Ich wusste ja, wie das läuft: Mittels Geschenken lockte man die Gäste an. Die Gastgeberin erhielt für jeden Anwesenden eine Art Fangprämie, und wenn die eingefangenen Deppen dann das teure Zeug kauften, rieb sich die Beraterin die Hände und die Gastgeberin konnte sich für das Kopfgeld Plaste bis zum Abwinken in die überfüllte Küche räumen. Die Zeche zahlten die fehlgeleiteten Irren. Und dann sollte das Ganze noch bei Gaby stattfinden, die so weit entfernt von jeder Zivilisation wohnte, dass ich mit dem Auto würde fahren müssen und mir folglich den Kram nicht mal schöntrinken konnte. Oh nein, das tat ich mir nicht an!

Am Abend erzählte ich meiner Freundin Nina von der Plastik-Euphorie meiner Kolleginnen. Zu meinem großen Erstaunen war jedoch die ansonsten so vernünftige und gar nicht spießige Nina eine glühende Verehrerin der Kunststoffware und berichtete mir eifrig, dass auch bei ihr eine solche Veranstaltung stattfinden würde, am nächsten Montag schon. Ob ich nicht kommen wollte? Ich bräuchte ja nichts zu kaufen, erklärte sie, und es würde Sekt und Häppchen geben und etliche meiner alten Bekannten würden auch da sein. Sekt und Häppchen klang gut und so willigte ich ein und versprach mein Kommen, Nina zuliebe. Wer weiß, vielleicht würde ja gerade die Prämie für meine werte Anwesenheit Nina in Reichweite des orangefarbenen Saftkruges bringen, den sie sich so wünschte. Ich kam mir edel und großmütig vor.

Der Montag kam und mir grauste ein wenig. Schon in der Kantine hatte ich alles Mögliche erfahren, denn die Party bei Gaby war ein voller Erfolg gewesen. Ich bekam zu wissen, dass es Flavio nun auch in Pink und Azur gab, die neuen Deckel von Morgentau und Ariadne eine neue Öse zum Aufhängen bekommen hätten und dass es eine neue Reibe gäbe – das Nilkrokodil, mit dem man Möhren besonders gut stifteln könne. Ich hatte in meinem Leben noch keine eine Möhre gestiftelt, hatte es auch nicht vor und sah sehr schwarz, was meine Abendgestaltung mit Nina und den Plastikgefäßen anging.

Dennoch stand ich pünktlich um sieben vor Ninas Tür. Sekt und Häppchen lockten, außerdem hatte ich es ihr versprochen. So betrat ich also fast als letzte das gerammelt volle Wohnzimmer von Nina und ihrem Mann Arnold. Einige Bekannte rückten auf dem Sofa bereitwillig zusammen und ich quetschte mich zwischen die Lehne und meine frühere Schulkameradin Beate, die mich kurz anlächelte und dann fortfuhr, konzentriert in einem Prospekt zu blättern.

Ich sah mich um. Das ansonsten stets in wildem Chaos brachliegende Wohnzimmer war vorbildlich auf- und etwas umgeräumt. Ein großer Tisch – ich erkannte den aus dem Esszimmer – stand vor dem Fenster und wurde von einer resolut wirkenden Mittvierzigerin gerade mit allerlei kunterbuntem Zeug vollgeladen.

„Das ist Manu", erklärte Arnold, der auf der Armlehne neben mir Platz genommen hatte. „Sie ist eine Kollegin von Nina."

Ich beobachtete interessiert, wie Kollegin Manu eine weitere Reisetasche hervorholte und den Inhalt auf und unter dem Tisch stapelte. Da, etwas Grünes, ob das vielleicht das Nilkrokodil war? Und wo trieben sich nur Ariadne und Flavio herum, doch nicht etwa im Morgentau? Ich kicherte albern und nippte an meinem Sektglas, das Arnold mir schon beim Hereinkommen in die aufnahmebereite Hand gedrückt und

144

bereits einmal neu gefüllt hatte. Ein paar Häppchen hatte ich auch schon verkostet und für gut befunden. Meine Laune hob sich merklich.

Meine Stimmung wurde noch besser, als Manu jedem von und das „Geschenk des Monats" in die Hand drückte, eine kleine rosa Dose, die gerade groß genug war für meine bevorzugte Sorte Frühstücksbrot. ‚Da kann ich mir künftig die Tüten sparen', dachte ich zu meinem großen Erstaunen. Und überhaupt kam ich aus dem Staunen nicht heraus. Manu präsentierte uns die Plastikware sehr geschickt. Sie reichte alles herum, damit wir Deckel und Verschlüsse betasten und die Funktionsweise der praktischen Helfer genau betrachten und ausprobieren konnten. Ein Teil der Gefäße war gefüllt, z. B. mit einem leckeren Käsegebäck, dass sich in eben dieser Box („Aroma-Wunder") besonders frisch hielt und dessen Teig natürlich in der Rührlette bereitet worden war. Diese Rührschüssel erschien selbst mir besonders praktisch, so etwas fehlte in meinem Haushalt komplett. Ich trug sie in meinem Bestellzettel ein, als Gedächtnisstütze. ‚Streichen kann man immer', dachte ich.

Als nächstes verteilte Manu kleine Plastikschüsselchen, die Picknickzwerge. Im Schneewittchen hatte sie Salat dabei, dessen Möhren natürlich mit dem Nilkrokodil gerieben und dessen Blätter nach dem Waschen im großen Trockenfix geschleudert worden waren.

„Der ist aber riesig", maulte jemand. Anscheinend war ich das gewesen, denn Manu zeigte mir im Prospekt bereitwillig den kleinen Trockenfix. Ich trug ihn ein. Schließlich esse ich gerne Salat. Das Nilkrokodil hatte ich auch schon notiert, denn das gab es im Sonderangebot.

„Die Sonderedition ist nicht grün, sondern babyrosa", hatte Manu erklärt und uns dann auf eine Lasche am hinteren Ende des fleißigen Nutztierchens aufmerksam gemacht. Den Haken zum Aufhängen würde es in passender Farbe dazu geben, was ich als vorausschauend und gut durchdacht empfand.

Ich schielte auf Beates Zettel. Außer ihrem Namen und der Adresse hatte sie noch gar nichts aufgeschrieben.

Sie sah meinen Blick und erklärte mir, worauf sie wartete: „Ich brauche noch zwei Hans, drei Hansis und zwei Hänschen in royal!"

Ich nickte verständig und Manu, die sie gehört hatte, sprang graziös unter den Tisch und zerrte das Gewünschte hervor – allerdings in Viola-Hochglanz.

„Das", erläuterte sie mir Unwissender, „ist unsere Hans-Reihe. Es passen zwei Hansis neben einen Hans, zwei Hänschen sind so groß wie ein Hansi und vier Hänschen ergeben ebenfalls einen ausgewachsenen Hans. Alles bleibt frisch und schaut schön einheitlich aus!"

146

Niemand konnte an der Ehrlichkeit von Manus Begeisterung zweifeln. Beate nickte und trug ihre Hans-Reihe ein. Und ich? Ich saß da wie vom Donner gerührt und spürte, wie ich die Kontrolle über mich verlor. Alles was ich noch verspürte war eine ungeheure Gier. Die wollte ich haben! Die passten wie gemalt in meine Traumküche. Zwar hatte ich bis zu diesem Zeitpunkt noch nie von einer bestimmten Küche geträumt, aber das war mir egal. Nein, eigentlich war es ja sogar besser so, denn so konnte ich meine Küche um Hans, Hansi und Hänschen herumbauen. Eine geniale Idee. Ich begann fieberhaft zu rechnen: Wie viele Hans würde ich wohl brauchen? Und passte das Salz in Hänschen? Ich trank noch einen Schluck Sekt, um besser denken zu können. ‚Besser nicht zu knapp kalkulieren', dachte ich und wollte eben irgendwelche Zahlen in meinem Bogen eintragen, als ich mich vor einem gewaltigen Problem wiederfand: Welche Farbe sollte ich nur nehmen? Viola-Hochglanz sah sehr elegant aus, staubte aber schnell ein, warnte mich eine entfernte Bekannte. Sonnengelb fand ich frisch, aber etwas aufdringlich und Smaragd wollte so gar nicht zum Editions-Babyrosa des Nilkrokodils passen. Ich konnte mich nicht erinnern, in meinem Leben jemals in einem solchen Dilemma gesteckt zu haben. Schließlich entschied ich mich für ein dynamisches Schwarz. Das würde dann auch zu den noch auszuwählenden Gardinen meiner neuen Küche passen. Ich notierte meine Wünsche und wandte meine Aufmerksamkeit wieder dem Geschehen zu.

Offenbar waren nicht alle so gut gelaunt wie ich. Arnold saß etwas bedröppelt vor seinem Zettel, von dem Nina gerade mit einem gezischten „Spinnst Du?" einen vierfachen Satz Picknick-Zwerge gestrichen hatte. Er solle seine Schrauben und Angelhaken gefälligst in Marmeladengläser legen, schulmeisterte sie ihn. Daraufhin nahm Arnold schmollend noch ein paar Häppchen und trollte sich.

Ich beschloss, dass auch ich mit dem Einkaufen fertig wäre. Gegessen und getrunken hatte ich auch genug, wenn nicht sogar mehr als das. Ich reichte Manu meinen Zettel und sah am Leuchten ihrer Augen, dass ich wohl alles richtig gemacht hatte. Ich trank doch noch etwas. Nach all diesen salzigen Leckerbissen hatte ich richtig Durst. Und außerdem hatte ich das Gefühl, irgendetwas übersehen zu haben. Was mochte es sein? Oh, nun sah ich es: Beate hatte ihre Bestellungen zusammengezählt und unten eine Summe eingetragen. ,Ganz schön viel', dachte ich träge, ,für die paar Hänse.' Ich freute mich, als Manu anbot, meinen Zettel mit dem Taschenrechner zu beackern. War doch viel einfacher so! Ich verabschiedete mich und wankte zufrieden nach Hause. Im Geiste baute ich an meiner Traumküche.

Natürlich wurde der nächste Morgen ein Albtraum. Ich hatte viel zu viel getrunken und fühlte mich beim Aufstehen früh um sechs wie gerädert. Und als ich in der Tasche meines Mantels die Kopie meines Bestellscheins fand, traute ich meinen Augen nicht. Ich hatte tatsächlich für über fünfhundert Mark Plaste geordert! Ja, war ich denn vom wilden Affen gebissen?

Den ganzen Tag grübelte ich, was nun zu tun sei. Am liebsten wäre ich vom Kauf zurückgetreten, aber irgendwie war mir das peinlich. Schließlich hatte mich niemand dazu gezwungen, mich zu betrinken und dann wie von Sinnen einzukaufen. Also nahm ich ein paar Tage später Geld von meinem Sparbuch und überreichte es Nina, die mir meine Bestellung in einem voluminösen Plastiksack brachte, mit einem Lächeln.

„Die Küche wird toll!" versprach ich ihr, die mich immer noch befremdet ansah.

Ich konnte es ihr nicht verdenken, denn auch ich sah mich jeden Morgen im Spiegel an wie eine Fremde. Es erschreckte mich weniger, dass ich in einen Kaufrausch gefallen war – das konnte bestimmt jedem mal passieren. Was mir aber echte Sorgen machte, war diese Vision von einer perfekten Küche. Wo war sie nur hergekommen? Träumte ich im Unterbewusstsein wirklich von Designerküche, Messerblock und Gemüsewagen? Oder träumte gar jede Frau davon?

Was für Monster mochte ich noch in mir tragen, ohne davon zu wissen? Ich war mir unheimlich!

Im Laufe der Jahre verblasste das Grauen. Manchmal packt mich sogar eine unbefangene Heiterkeit, wenn ich an meine erste Pötte-Party denke. Denn natürlich habe ich inzwischen eine tolle Küche. Sie ist sechs Quadratmeter groß und hat geschlossene Einbauschränke, die mit Familie Hans zugeziegelt sind. Alles einheitlich, alles frisch. Ich bin wirklich froh über die Boxen, denn ich koche so selten, dass ohne sie wohl sogar das Salz schimmelig werden würde. Und auch meine anderen Einkäufe haben sich als ungeheuer nützlich erwiesen. Das Nilkrokodil hängt kopfüber an der Wand und schaut possierlich aus, sollte ich einmal Möhrenstifte benötigen, werde ich es ohne zu zögern benutzen. Der kleine Trockenfix steht im Keller, allzeit bereit für seinen ersten Einsatz. Und die Rührlette kommt in meinem Wohnzimmer richtig gut zur Geltung: Sie steht auf der Fensterbank, ich habe einen schönen Farn hineingepflanzt.